人生七十三歳の開き直り

手洗いとうがいの実践

岩田乃子
Iwata Noko

青山ライフ出版

もくじ

蔓延るコロナウイルス

毎日家の中にいることが多くなった。コロナウイルスが蔓延り人と接すれば、いつ何時わが身に降りかかるか判らぬ恐ろしさ。誰が私に、私が誰に。

目には見えない飛沫接触感染コロナウイルスが世界中に蔓延り、その話題でもちきりになっている。

静岡県もたった一人の感染者だったのにあれよ、あれよと、あっという間に近辺まで近づきだした。

中日新聞二〇二〇年三月三十一日の朝刊にマスクの作り方が記載されていた。私はそこをコピーして三枝さんの家に出かけた。

【人生七十二歳の開き直り】の校正をしていたので、少し手伝って戴こうかなって気持ちが無性に湧き出した。

前の日に研修会館まで再生可能な新聞紙とか、段ボールを置きに行った帰りに、午後なら大丈夫の許可をとり出かけた。

途中まで読みだして

「ねえ、久江さん家にいると思うの。一緒にしたいね」

三枝さんの言葉にスマホを出したら、久江さんの着信があった。

「あーぁ、着信があったのに、スマホを替えたら電話の出方もままならない」

「いや、替えたの」

「字が小さくて大きい方がいいかと思って」

「私が電話する。直ぐに来るって。お茶でも入れるね」

「ありがとう」

歩いても、二、三分なので、お茶を飲んでしまわないうちにやって来た。

「ごめん下さい。呼んでくれてありがとう。用事があったの、会えてよかったに」「あのね、この前谷島屋さんに飛んで行ったの。そしたらこれからだって」

「だもんで、早く読みたいのかなぁと思って。それならこれだって。昨日寄って空き時間を聞いて帰ったの」

「私はね、夕べの大風で甘夏がポトポト落ちたから、乃子さんは甘夏が大好物だから電話をしたの」

「もらう、もらう。文旦がもう直に終わりだからうれしいなぁ」

「そんなところだと思ってさ」

三枝さんが

「この前の文旦美味しいに」

「嫌だねぇ、小さい屑ばかりなのに。ピールにするならいいと思って。美幸ちゃんも食べているって言った」

「文旦は美味しいよね」

「文旦のあとは甘夏に限る」

　三枝さんの入れたお茶を飲みながら
「これね、さっきコピーして持ってきてくれたの」

　久江さんに三枝さんはマスクのコピーを見せた。

「このマスクがその、のよ。何でもガーゼでは目が粗いので効果がないみたいだね」

「早いだね、即刻だね」

「う、ふふふふ。好きだから」

　マスクを外して
「あのね、市販のマスクの使用済みをハサミでゴムだけ大事にとって置くの。そのゴムをここに使ったの」

「へえー、よく気がついたね。なかなかそこまでは気が回らんに」

「本当に。教わりました。やってみようっと」

三枝さんはマスクの用紙をまるで、愛しい子のように自分の胸に持っていった。

『手が器用だから直ぐに作るだろうなぁ』と型紙を作りミシンを使っている姿が目に浮かんだ。

二人は手が器用なので【お茶の子さいさい】(手っ取り早くご飯前に済ませてしまうこと)だけど、私ときたら不器用なのにも自分でも呆れる。

生まれ持った性分なので、己を知り努力するしか方法はない。


二人の家にお邪魔すると、ありとあらゆるところに釘付けになる気遣いのやさしさ、感性に繋がる副産物が待っている。

今の私が感性や悟性が保てるのはこの二人がいるから。

久江さんに巡り合っていなかったら、今の私はいないと思う。

(人生に必要な運命の人は必ず仕組まれている。そして、道は開けていく)

帰り際に
「ねぇ、家に帰ったら消毒してよ。手洗いもしてね。三人とも感染はしていないと思うけど頼むね」

「今度は厳しくなって、会いたくてもこんな風に会えないかも」

「うーん、寂しいけど仕方ないね」

玄関に掲げてあるパッチワークを観ながら二人にしか通じない会話を聴いていた。

「三枝さん。鮭はどうしてしまったの」

「二階にある」

「あぁ、良かったあれが好きなの」

久江さんが
「私は捨てようかと思って」

「捨てるなら私が欲しい」

「あげる、あげる。もう古いに。いいの」

「あぁ、うれしい」

「夕べの風で甘夏がいっぱい落ちているの。家に寄って拾って持って行ってね」

「うん、もらう、もらう」


一面に甘夏ばかりのミカン畑に着いた。

「こんなに沢山夕べの風で落ちたの。ねぇ、隣の弟に上げていい」

「いいよ。上げて」

「ありがとうね。じゃぁ、たいがい拾っていく」

「そうして、助かる」

「ありがとうね」

帰宅すると内の人の弟に聞いた。八朔を貰ったばかりだからと断られた。

工場のお兄さんに
「甘夏食べる」

「うん、貰うよ」

「あのさぁ、遠慮すると馬鹿みるに」

「何で」

「ここの家の甘夏は飛び切りだからさぁ」

「それじゃあ、もう少し」

回覧板が回ってきた。

「あ、ちょっと待って。良いものがあるの。これね、夕べの大風で落ちたのだって。飛び切りだから、お裾分け」

「う、ふふふふ。いつもありがとう」

「良かったねぇ」

歯医者さんに回覧板を持って行く。

「久江さんの家の甘夏を貰って来たの。これは夕べの大風で落ちたものだけど、飛び切りだから。買って食べるくらいなの。食べてみて」

「いつもありがとう」

「ごめんね、マスク忘れてしまった」

「こっちの方が」

お互いに離れて話しているのに。それでも、私らみたいな高齢者に気遣いする。

女の子が授かっていたら、このぐらいの齢だろうなぁと、後ろに後ずさりしてしまうやさしさが『私も一人くらい女の子が欲しかった』と思ってしまう。

隣同士はなくてはならない貴重なお隣さんである。

禊って

メールに早くコロナウイルスが退散してくれないと運動不足になりそう。

どうすることもできないの。

返信メッセージが来た。

このメールを見るまでは『感染したかも。菌を殺さなくては。まだまだここら辺は大丈夫』ってのんきな気持ちと不安な毎日だった。

メールの意味を深く考える自分がいて『禊って。それじゃぁ禊は何なのよ』って頭を抱えてしまった私がいた。

辞典で調べる
『それくらいのことを知らないのか』って言われるかも。

言われても仕方ない。

私の小学五年生から六年生は漢字の覚え盛りなのに花札にはまった。

開けても暮れても
「赤だ、青だ。月ホトに四天王」

隣近所の子供に覚えさせてしまった。

姉が漢字の書き取り帳を書き終えてしまうと、普通だったら優秀の優の付いた漢字を覚えようとする。

『自分もこんなにきれいな字が書ける高学年になりたい。頭も良くて勉強好きな子供になりたい』

でも、小学校一、二年の頃に私がしたことは空ミシンをかけて穴をあけた。


先ず、紙がないので（えぇー、そんな）無いほんとうに無い。


新聞紙は貴重品なので、手で丸め、もみくちゃにして、トイレの尻ふきに使う。

トイレに新聞紙の家はまともな家の部類に入る。もし私が遊びに使ってしまったら、藁でお尻の便をぬぐい取る。

どうやって使用するのか分からないけど、藁ばかりの家もあった。


どのくらい切符を切るのが好きかを説明する。

浜松の動物園に連れてってもらい、象の花子の曲芸に夢中になった。

連れて行った叔父と姉は後ろに弟甥っ子はいるけど姪っ子がいない。

迷子になってしまったと動物園をしらみつぶしに探した。

もう探すところが無いと途方にくれて元の場所に着いた。

するとそこに花子の曲芸に夢中になった姪っ子が一歩も動かずにいたらしい。

「他には何も観なかったのか」

叔父の言葉に
「象の花子の曲芸だけ。早く帰らないと、電車の駅の名前もバス停の名前も忘れたら車掌さんごっこができない」

叔父は呆れてしまい、兄貴の子供にしては珍しい風変りの子供だ。

動物園で動物を見せようとしたら象の花子の曲芸だけとは。

あーぁ、せっかくこんなとこまで来たのに本当になぁ。

盆、正月になると人が集まる。その度に動物園の象の花子の笑い話になっていた。

　帰宅すると直ぐに始まる切符切り。

姉が一生懸命書いたノートを切符に見立て、バスの車掌さんごっこにして使ってしまったこと。

それを見ても怒らない姉も姉だけど、私は昔から一風変わった女の子だった。

　あの当時はほとんどの人が織屋さんに就職をした。それが当り前みたいに従うのが普通の子供。

父の

「お前は何になりたいん、だ。みんなと同じ織屋さんか」

「私はバスの車掌さんになる」

無事に入社できて今現在がある。サービスの原点をとことんと仕込まれた。人を育てる大型ファミリーなので、同世代の話し相手、仕事を手際よく教える大先輩。父親役の助役さん。寮の食事係は母親の役目も担っていた。

解らないことは聡明な高卒、大卒の事務所のお兄さんがいた。

ただ働くことだけではなく、人間性の土台を学ぶ職場でもあった。

ただ一つ涙が噴き出たことを思い出した。初めて迎えたお正月に、同じ年代の人が帰省する。その人に切符を切る『私の方が切符を切ってもらう側になりたい』

満員になってしまったバスの中で必死に切符を切って鞄が重たかった。

事務所に入るなり涙がどばぁーとあふれ出て、声が出てしまうほど家に帰りたい気持ちになった。

すると、先輩が
「一年目は誰も経験すること。ここなら思いっきり声を出しても大丈夫」

事務所の中のみんながやさしい眼差しで有難かった。

父が山仕事の親方だったので、雨降りの日に家に寄りこみ炬燵を陣取った。

私が近所に遊びに行くのを若いお兄さんたちは待っていた。

だけど、父親っ子だったので、張り付いてばかりいる私にもしびれを切らし花札の蓋を開けた。

今でも憶えている黒い箱の中身。

(これはすごい。面白い) に嵌まり、夜になると父にせがんだ。

父は私に甘く、目を輝かせて哀願すれば、ついつい可愛さに先々のことを忘れてしまう親バカのうちだった。今の私なら理解できる。きっと、後悔したと思う。

覚えてしまうと隣近所の子供を集めて、全てを教えてしまった。

さぁ大変。父も青ざめたと思う。噂も拡がり
「○○の娘は仕様がないないなぁ。赤だ、青だ。月ホトに四天王だって。女のくせによっぽど○○もあんなに勇ましい男の子が欲しかったのかなぁ」

って、部落中の噂になってしまった。

それを耳にした父は花札を手に持ち、私と弟を連れ畑の真ん中で
「もう、二度とするな、俺もどんなことがあっても手を出さん」

マッチに火をつけ花札を燃やしてしまった。

それ以来、二度と花札に触れたこともなければ
【賭け事は恐ろしいもの、手を出してはならぬ】の諺を守っている。

あの時代の小学生に戻れるものなら戻りたい。

あの覚え盛りの二年間がどれほどの知能指数を伸ばしたかと悔やみきれない。

この人のメールは難しい字ばかり並べてあるので、辞典を広げないと二通りあるときは、よく調べる。

その度に五、六年の頃の花札と姉の優秀の優がついた書き取り帳が私の前を掠っては過り【後の後悔先に立たず】の諺を口にしている私がいる。

姉のノートから難しい漢字をいくらでも覚えることができた。

意味だって聞けば、わかりやすく解説付きだったのに。

姉の律儀に並んだ漢字のノートが『勿体ないことをしちゃったね』って。

今年亡くなった姉の顔が浮かんでくるのも不思議なことである。

本当に覚え盛りに詰め込んでおかないと、この齢になると（直ぐに忘れる）。

こればかりはどうすることもできない副産物でもある。

齢をとった証としか言わず用がない。

私は辞典で調べた。暇な人だね。はい、私は暇だよ。

【禊】（神に祈る前に）きれいな水を浴びて、身のけがれを洗い清めること。

漢和辞典には邪気を払う祭りの名。

私は考えた。『手とうがいだけで、本当に身も心も清まるの』（ノウ、手とうがいだけでは心をの平常心には保てません）心の声がした。

『それではどうするの』（念じるのですよ）

『ほぉ、有難うございます』（素直が一番ですよ）

外出先から帰宅後に手洗い・うがいを済ませると手にクリームをつけて、手を合わせる。

「私は幸せになる。今以上に幸せを掴む。その幸せが世界中拡がり、幸せの種が広い世界に届くように種まきをする」

不安になると手を洗い、うがいをして手を合わせ
「私は大丈夫。幸せを掴む。幸せの種まきをする」

すると、どうなったか、コロナウイルスの怖さが少しは薄らぎ、心に余裕が生まれ【開き直り】の精神が生まれた。

もちろん、不要な外出はしない。食べ物は粗末にしない。

冷凍できるものは保存して、【もしも】の時に備える工夫もすれば、栄養管理も行き届く。

炬燵

四月も半ばを過ぎたというのに気候のむらにも呆れる。
昨日は薄着、今朝は冬支度なんて。
どこも出ないし居間に行けば炬燵に潜り寝たくなる。
そんなことしたら正月のブクブク太りになるに決まっている。
バウンドテニスも、趣味のフラダンス、演芸の練習もストップが入った。
どうするの、どうもしないよ。
炊事洗濯掃除が済めばやれやれと炬燵に潜る。
いつの間にかすやすやとイビキをかいて気持ち良くおねんねが始まってしまう。
当然だよね。太るのが。
なので、居間に掃除機をかけていると
『夏用にしたら』（そうだね、このぐうたら婆さんが無くなるかも）
【思い立つは吉日】勝手に素早く体が動く。
早いこと、早いこと。スイスイことが収まる。

夜になると足が冷えるなぁにエアコンを入れる。

「お父さん、足は冷えないの」

「いくら言っても履かないもので。素足でどこの馬鹿がいる。いくら言ってもいうことを聞かない馬鹿には塗る薬はない」

「靴下が面倒くさいもので」

「へ理屈が多い」

「ねぇ、部屋に行って布団に潜る。お風呂が空いたら言ってね」

「おぉ、そうしろ」

明日の気温はきょうより五度低いとスマホの画面に
『また逆戻り、長袖二枚』

を着ている姿を想像して休む。

四時半に目を覚ました。

同じ時間に内の人もトイレに入った。

「ねぇ、まだ早すぎるから寝てよ」

「また八時を回るぞ」

「しようがないねぇ。私は休む」

「おぉ、新聞」

「はーい」

玄関のカギをあけ郵便受けから新聞をとり、ビニールをはがして渡した。

屑籠に入れながら
「早く炬燵を終い過ぎたわ。もう一度出し直した方が正解かも」

「いい、いい」

「私は寝るに」

「おぉ」

六時前だったので起きた。

やっぱりあの人はいないのでパソコン室かなぁと味噌汁を作り出した。

合間に覗いたけどいない。

寝室を開けたら布団を被って寝ていた。

「どうしたよ」

「寒くなったもので寝ただよ」

「それ、ごらん。炬燵は欲しい」

「いらん、いらん」

『風邪でも引いたら台無し。どこかに遊びに行ってくれたものなら、直ぐにまた炬燵を引き出すのに。あーあ、このご時世では自粛、自粛。外出は控えめ。スポーツセンターまで足止めになってしまった』

二、三日後きょうは四月二十一日不燃物ゴミを置きに行くと、寒いと言ったら並ではなかった。すくんでしまうような寒さ、ひっきりなしに遠州のからっ風が吹く。
『こんな寒さが三日も続けば風邪ひきの素。医者にも行けず何して暮らす』

洗い上げも済ますと、居間にいないご主人様にしめしめと、掃除機を持ち出した。夏用のテーブルをひょいひょいとしたいけど、厚いガラスを割ったら大変と慎重に。重たいので一抱えも、二抱えくらいの重さに、お腹に力をいれ足を踏ん張って奥の部屋に持って行った。

(やれやれ、あれを片付ければあとは何のその)

ガラスの嵌まっている天板も土台も藤なので『何でこんなに軽いのよ』と、すいすい片付けた。

掃除機をかけ、炬燵を持ってきて布団も載せて天板を置いた。

片付けが済むとご主人様がやって来た。

「また、出したのか。来週は暖かいらしいぜ。しまうのが面倒だぞ」

「毎日暇だから、これしきの事で、風邪でも引いたらどうするよ」

「どうせ、そこで寝たいだけじゃぁないのか」

「はい、正解。そういう誰かさんだって、ついつい、ウトウトってね」

「お前と違う」


農作業を止めると自分で誓ったので『勿体ないなぁ』と思っても、手を出してはならぬ、自分の夢を捨ててはならぬが勝ち誇っていた。

まぁ、呆れてしまうほど土いじりはしなくなった。

青菜が欲しいと思えばタラの芽を味噌汁の中に入れていた。

真似しないでね、旨くない。

昨日買ってきた野菜苗を植えるというので手伝おうとしたけど、

「こんな寒さでは苗ものが痛む」

に、素直に聞く内の人がいた。

私はいつの間にかすやすやとお昼寝。お腹もすかないのにお昼になった。

「何を食べる」

「何がある」

「サバの味噌煮を解凍したの。それと煮豆」

「よく豆を食べる家だなぁ。ご飯の中に落花生、朝は納豆。マメばかり食べている」

「一度にポイポイと食べる豆ならガスも出やすい。チビチビだから栄養の足しくらいだよ」

「ほぉ」

ちょっと前のおばあさんの顔を見に行きたいも
「おばあさんに感染したらを考えろ」

『そうだった、うっかりだった』なので、自粛。

これ食べたいだろうなぁも、遠慮。

なので、残ったものは冷凍庫に保存している。

多少なりとも味は落ちても買い物の回数は遅れる。

自粛に繋がると信じて、粗末にしない。

バランス良く工夫ができる楽しさも自粛から生まれた。

炬燵に入りご主人様もすっかりうとうとしている。

起こしてはならぬと静かに炬燵に入った。

テレビで給付金のことを放映していた。

「こんなにのんびりさせてもらって、怒りもしないし、手を上げるわけでもない。並んで座っていても、幸せの気持ちだけの人で良かったわ」

眠っていると思い、独り言を呟いていたのに
「信じられない人がいるものだなぁ」
「家の中の平和が一番」
何も応えない
『……　当たり前のことさ』と、言いたげである。

飼い猫ラブ

私は炬燵に足を入れ、新聞を広げた。

ご主人様はソファーにドカッと座ってニュースを見ている。

炬燵でのんびりと新聞のクロスワードと数字ナンプレをしてしまい、新聞のページをめくった。

「お父さん、猫の気持ちのところは読んだの」

「おぉ、読んだよ」

「猫ってこんな気持ちになっているの」

「高見さんって人が想像して書いただけで本当の気持ちは猫しか判らんなぁ」

そこに

【題　なにもの？】　高見恭子さんの作品が載っていた。

「ふにゃあ」。鳴きながら駆け寄っていくと、人間というものは喜ぶな。

さらに寝そべって、腹を出して、ぐにゃぐにゃしてみせれば「おー、よしよし！　なついているな」と私の腹をこねくりまわす。

極めつけは膝に乗って、額を撫ぜさせてやり、目を細めてゴロゴロ言ってやれば、イチコロだ。

私の写真を撮って周りの人に見せびらかしている姿は滑稽にも見える。

閉められた戸を爪で引っかいて開ける時、ついうっかり特殊能力を隠すのを忘れて、開ける空間のスペースを取らずに部屋に入ってしまってビックリされることもあるが、まあ、ご愛嬌としよう。

こいつらは私の手のひらに乗っているようなものだが、さぁって……

どのように料理してやろうか？】

中日新聞サンデイ版・二〇二〇年四月十九日（日）三百文字小説抜粋

「内のラブはどんなだと思う」

「昔のラブってどんな感じにパソコンに入れてある」

「さあねぇ見ないと忘れた」

なので、ラブが家へ来た当時の様子を載せたくなった。

名前の由来

私は捨て猫ゼロの会から貰われてきた猫である。飼い主が七十歳以上の高齢なので保証人付きでこの家にやってきた。

家の中で飼う猫の寿命はおおよそだけど、十八年くらいとか。

七十過ぎの人が十八年ともなれば人様に世話になっているかも知れない歳である。人生百年時代になったとはいえ、皆が皆ぴんぴんして現役で生活しているとは限らないのが現状である。

規約にはゲージで飼うこと。避妊は早めにすること。外には出さないが絶対条件だ。墨汁のように光った真っ黒い猫で艶があり、父さんは黒って名前にしようとした。母さんはありきたりだって。英語のブラックはおかしい。

ブラは女の人のブラジャーだって。

ブラを反対にし【ラブ】って名前になった。

母さんは高齢だから【ラブ】の英語がどんな意味か、横文字の英語は使わないほうなので、呼びやすいから【ラブ】に決まった。単純で単細胞の人。

名前を付けたあとに

「お父さん。アイラブユーのラブだって。呼びやすいわけだよね。好き　ってことだもの」

「そんなこと、今気が付いたのか。間抜けだなぁ」

「は、はは。持って生まれた性分だもの。直しようがないもの」

呆れてしまったのは父さん。

母さんは父さんの所へ十二年前、今現在は十三年以上前に同居人となって夫婦に近い生活をしている。

母さんは間抜けというか頓馬が天性で素っ頓狂な声をあげたときに、普通の人と違う世界を観る感性を持ち合わせている。

性格は素直な性格だと自負している。

(私らは猫のあなたが大好き)

二人とわたし【黒猫ラブ】を交えながらのライフスタイルをエッセイしたいと綴った記録である。

好きな場所はリンゴの匂いがするパソコン室である。

窓際の隅っこに隠れて丸くなってしまうといつの間にかお昼過ぎ、外で働く母さんの姿も見える。

パソコンで株の相場などを動かしている父さんもわたしがいるのでゆったりとした毎日を過ごしている。

後ろ髪を引かれる

暮れになったある日父さんはゴルフに出かけた。

ゴルフをするのが生きがいで、一ヶ月に三、四回、五回くらいは体がもつけど六回ともなればお手上げ状態の齢になった。

自分で立ち上げたコンペも三個はある。

ゴルフは若さを保つ秘訣だと自負している。

父さんがゴルフに出かけた日は、二段の住処になっているハンモックにわたしは丸くなり眠っている。

母さんは気忙しいほどに、フル回転で野良仕事打ち込めるので、動き回っている音がわたしの耳に刺激を与えている。

時々母さんがわたしを覗きに来る。

「ラブちゃん。良い子ね。大好きだよ」

声を掛けられても知らぬ振りをしている。

本当はうれしいよ。だけど、寝た振りをしている。

『どうしてよ』

「説明してあげるよ」

裏の野菜畑は道路から道路まで四季折々の野菜で、その畑の中を跳び回ってみたい。畑には修理屋さんの工場にセキレイの巣がありセキレイも跳ね回っている。

セキレイを狙って今度こそ捕る。

スズメもいるし、時々スズメに似ているけど、単独行動でヒバリも良い声で喉を自慢して歌っている。

外に出ているときの常日頃の遊びを思い出しているの。

まだわたしは子猫だけど、おてんばで男勝りの女の子だよ。

母さんは家の庭木の薪などを片付けていた。

しきりと一輪車を使って飛び回っている様子がハンモックの上でも、気忙しそうな音に聞こえた。

車の音がして止まり、どこの人かなぁと興味はあったけど、眠くもあるし、ハンモックは降りたくないほどに気持ちが良すぎる。

「ご苦労様。もっと中でしてもいいのに」

「ここでもいいかなぁと思ってさ」

「松川のリンゴが毎日食べることができるからうれしいわぁ」

「は、は、はぁ。それはどうも、有難いです」

リンゴ好きの母さんの声はイチオクタープ上ずっていた。

縁側で猫のゲージから外の庭の方を覗いて見た。

環状線の横には歩道があり石積みした上に細かい葉の槇の木が囲ってある。

入口の処に車を停めてリンゴの詰め替え作業をしていた。

長野の信濃米を届けてくれるときと違う場所でリンゴを詰め替えている。

何年もお付き合いしているのに、車庫まで入って来ず細葉囲いの入り口で詰め替え作業をするのも初めてのような気がした。

そうだ、母さんはコンテナを洗い水道付近に干してあったので、コンテナに近い所に車を止めてしまったと思うよ。

すると、コトコトと静かに一輪車を引く音がした。わたしは聞こえてくる方向に聞き耳をたてた。

すっと背を伸ばし始めた。

(あの静かな一輪車の音は、私の好きなおじいさん。裏に住んでいるやさしいおじいさん。もうそろそろ九十歳になるのに現役で朝から晩まで野菜物作りに励んでいる人。おじいさんは会津出身の物静かな五十嵐さん。会津魂も持ち合わせている動物好きの人。ゲージを閉め忘れた母さん、行くよ)

二段の猫ゲージのハンモックから飛び降り、台所の方へめがけて走った。『裏の勝手場の戸が開きますように。筋交い棒がかってありませんように』

土間に降りて戸に手を掛けると動いた。

『しめしめ開くぞ。出ますよ。母さん。筋交い棒をしない母さんが悪い。出るからね』前足の爪を戸のすき間を作るように何回も挑戦し、猫の手ほど開くと前足を手のように使い戸を押すと、幅が広くなる。

わたしの場合は鼻先を入れて、顔幅にして外に出る。

脱失作戦は成功した。

外に出ると裏の五十嵐さんのおじいじがわたしに声をかけた。

「ラブちゃん。元気だったか」

「……」

しっぽで
「おじいじの顔を見たくて出てきたの。おじいじも元気だった」

「リンゴを持ちに来た」

「うれしいな。おじいじ」

尻尾を振り、尻尾を高く伸ばしておじいじの後をついて歩いた。

すると、ハイエースに飛び乗り

「やあー、やあー、そんなところに乗ると長野に連れて行かれるぞ。ラブちゃん、降りなさいよ。

そんな奥の方に入るとだめだぞ。出ておいで。降りなさいよ」

「リンゴの臭いがたまらなく好きなの。存分吸ってから降りる」

猫だから言葉は出さないし、泣かない猫だから本当のことは分からない。

リンゴの匂いが好きなことは確かだと思う。

私は五十嵐さんの声にトヨタのハイエースのほうを見て
『あぁ、しまった。ゲージも開けたまま筋交い棒も忘れた』

と思ったけど、家の周りに剪定をした枝の薪を片付けるのに必死だった。

干芋も、焼き芋も作るのが少なかったので薪も多く残り片付けに没頭し過ぎた。

(片付けないとお正月が来ない気がする)

しきりと一輪車を使って飛び回り、また、せかせかと動き出した。

わたしはコンテナの奥の方に入り、リンゴの香りを鼻でクンクンとしていた。

すると、パソコン室と同じ居心地になり、うとうとと昼寝をしてしまった。

今年は柿が豊作なので、柿の実が垂れ下がるほどの実をつけていた。

なので、いつもの年よりもリンゴの注文も少なく移し替えも早く済んだ。

母さんは縁側のカーテンを閉めに行き帰るところを家の中で見た。

(もう終わりか、早いなぁ。注文も少なかった)

野良仕事なので代金も払い、お土産のミカンも先に渡しておいた。

バックドアを閉めて帰るところを家の中で見送るときに変な気持ちが、

(なぜ、後ろ髪を引かれる感じになるのよ)

今まで味わったことのない気持ちが『なぜ』こんなに残るのかと思い続けた。

外に出れば、押し迫った暮れの二十五日。

ここにある薪だけでも片付けて、近所にリンゴも届けないことにはお正月も来ないと思って仕事に没頭してしまった。

陽が短いし浮かれてばかりではいられないと頭の片隅に置き、片付け仕事に没頭した。

林を走りたい

リンゴを配ろうと近所の家に一輪車に乗せて出かけ
『ラブの好きな家だけど、おかしいどこで遊んでいるの。いつもならどこにいてもすっ飛んで走って来るのに』
一輪車を引きながら畑のあちこちに目を動かした。でも来ない。なぜだろうとラブが私を困らせたことを思い出していた。

新築した木の香りはたまらなく癒しになる。

私の実家は父が山仕事に携わった一生だった。

木の香りはたまらなく父を思い出す。

ラブは木の香りが好きで玄関の前にお座りをして待っていた。

チャイムを鳴らすとドアが開いた途端に木の香りがした。

辺り一面が森林の木々で覆われ、深呼吸をして胸の中いっぱいに森林浴をした気持ちが走った。

すると、ラブは家の中に飛び込んでしまった。

下刈りをきれいにした杉と檜の林だと思いこんで一目散で奥の方に走り去った。

塵一つないほどの家の中に、今まで外で遊んでいた土足の足で、一目散で飛び込むラブ。

猫とはいえ行儀の悪さを申し訳なく思った。

私は素っ頓狂の声でラブを呼び、奥さんに
「ごめんなさい。汚い足で。申し訳ないです。本当にごめんね」

ぺこぺこと頭を下げて平謝りをした。

一目散で飛び込むラブは檜と杉の香りがたまらなく好きなのに、なぜ飛んで来ないのか首を傾げた。

裏の家の人たちが作った白菜や大根、ブロッコリーなどの見事な野菜の出来栄えをラブは見惚れて、そこら辺に隠れていそうだと必死で目を追い続けた。

鵜呑みに愚かさ

父さんがゴルフから帰宅した。バックを猫ハウスのゲージの横に置いて
「ラブは」

「それがね、リンゴを置きに高須さんに行ったじゃ、んね。いつもならどこにいてもすっ飛んで来るけど、きょうはついてこないもので変だなぁと思って」

「出すもので」

「ハンモックに寝ていたのでいいと思ったけど、戸が閉めて無くて、台所も筋交い棒を忘れ、五十嵐さんが来たらすっ飛んで来た」

「ラブは五十嵐さんが好きだでなぁ。それで」

「長野のハイエースに飛び乗った」

「降りたか」

「あぁー、どうしよう。確認するのを忘れた。あぁそれで、車が出ていく時に、後ろ髪を引かれたのか」

「電話してみろ」

電話をすると長野の売木村には着いていないけど、もし乗っていて、降りたとしたならば舘山寺街道と細江と看板が付いた信号機の処でバックドアを開けコンテナを前に戻しているときに逃げ出したかもと話した。

私は悔やんだ。五十嵐さんが

「そんなところに乗ると長野に連れていかれるぞ。ラブちゃん、降りないよ。そんなに奥に入ったら駄目だよ」

五十嵐さんがあんなにやさしく声を掛けてくれたのに、忙しさで鵜呑みにしてしまった。飼い主の資格なしだと思った。あのとき

『こりゃぁ、大変と』

捕まえに行けばこのエッセイなかったし、私の人生もただの猫好きで終わっていた。

薄暗く夜になってしまうので、今日は無理と迎えに行かなかったことは飼い主としていけないことだろうか。

鵜呑みにした言葉が耳に残り眠れない。どこか判らないところに降りてしまったラブは家の方にとぼとぼと歩いている。

こんなに寒いのにどこで寒さを凌ぐのかとか思い巡らした。

ラブの思い出が夜通し続き夜明けになってしまった。

ラブは不愛想

わたしは鳴くことが少なく愛嬌というのがほとんどない。

朝の挨拶もない猫は珍しい。母さんが

「お父さんが起きたから朝の挨拶は。お父さんがいるからご飯も貰える。挨拶をしないと貰えないよ。母さんの年金だと食べるのが精いっぱい。猫の餌どころではない。大変だよ。おはようしてきてね」

ほとんどの猫はトコトコ歩いて

「ニャー。スリスリ」

「おはよう（ミー　トラ　パン　クマ）早いなぁ。今日も宜しく」

今までの猫はほとんど毎日したのに、わたしだけは知らぬ振りをしている不愛想な猫でもある。

だから、あまり人間に好かれていないかも知れない。

それなのに、母さんはわたしのことをこよなく愛する。

恥ずかしいほどわたしのことほら吹きまわすので、猫など興味が無い人でも、興味をそそる話術は長けたもの。

『どこがいいのよ。黒いだけの取り柄の猫』と思う人もいるかも。

尻尾は人並み以上ピタピタ。パタン、バタンと猫でも異常なほどに振り回す。合図が判らずもどかしいよ。ふんとに（遠州弁本当に）

母さんは「いい子ね」と抱っこして「チュー」が毎日さ。

その度にしっぽを振り振りする。

抱かれるのは嫌いだから嫌々するけど、少し我慢すればいいかと、幸せ顔をして抱かれて時を待つ。

それでもうれしい。初めて会った日も、抱っこしてチューだもの、平気だよ。

それに母さんはわたしの好物をよく知っている。

何が好きかって。スルメ、ぶうー。鰹節、ぶうー。

わたしの好物は猫用スナップ　モンプチなの。

引き出しに母さん達が食べるおやつがあり、その下の引き出しにわたしのモンプチが入っている。

引き出しを開けプラマークのじゃりじゃりの音がすると、わたしの聞き耳でどこにいてもすっ飛んで母さんたちの側に行く。

それだけがわたしを惹きつける秘密兵器だと二人は確信している。

私の食べ物はキャットフードとモンプチのみ、人様の食べるものには興味もない変わった黒猫のラブである。

オーストラリアのカンガルー

わたしは最近カラスを追うほど大きくなったので、『まぁ、いいか』と外に出ても捕まえるために側にいることもなくなった。

お母さんはわたしが幼い頃は洗濯ネットに私を入れて、首だけを出し抱っこで散歩に連れ出した。

その行為が良いかどうかはお母さんもわたしも定かではない。

逃げ出しても捕まらない猫とわかっているので、家の周りを一周する。

アパートの前を通り左折して、一旦停止でまた左折、住宅が沢山できだしたので幼い子供さんが「あぁ、猫ちゃん」に一度立ち止まり、頭をなぜなぜしてもらう。次の交差点を左折して、家の西になる果樹園まで来ると、

「降ろして遊ばせて」

足をバタバタさせてとせがむ。

近回りの用事はほとんど洗濯ネットに首を出して歩いた。

抱っこが重たいので、お手製の袋をショルダーにして、オーストラリアのカンガルーになりきった。

週一の舞茸屋さん、回覧板を廻す歯医者さん。

お惣菜を多く作りすぎると、環状線を渡って峯尾のバーバに食べてもらう。物知りの若い助産婦さんは整体大地なので、健康の秘訣のアドバイスいただきに。

ショルダーになった袋に入って、オーストラリアのカンガルーみたいな恰好であちこちに散歩して成長した。

わたしの寝る場所は母さんの枕元。母さんの枕元で朝まですやすやと眠るのが日常だった。

部屋には水もドックフードも猫砂あって何も心配することはない。

来た当時は便が臭い、鼻持ちならないとブーブー文句を言った。

猫砂を何度も試した結果ほとんど臭くないと、わたしをこよなく愛し枕元に置いて休む。

母さんは物心ついた頃からこんにちまで頭を隠して寝ているので、わたしが夜何をして遊んでいるかなど、全く知らない。

パソコンを打つときは、デスクトップの前に横たわって母さんを監視する。

わたしも泣かない猫。夜行性はこうして過ごすとも言えないから切ない。

三方原は農家が多く赤土なので根野菜が美味しい。

三方原馬鈴薯はブランド品で有名。大根や薩摩芋は甘みがあって、一度食べると忘れることがないほどに骨の髄まで刺激されてしまう。

「それを狙う野ネズミを捕りたいのさ」

でもわたしは練習不足、箱入り娘なので捕まえようにも勝手がわからずセキレイやスズメに馬鹿にされ、反対に遊ばれている。

ある日、母さんは朝早く前の方に住んでいる峯尾のバーバの所にお惣菜を届けに出かけた。

わたしは朝から裏の畑にお散歩し用足しもする。

わたしのことなど眼中になかったので、スタコラスタコラと環状線の信号を渡り、早足でバーバの家に着きバーバの家に入った母さんを外で待っていた。

すると、バーバが勝手場の方から出てきて
「ひゃあー」とてつもない声をだしたのでわたしのほうがびっくりしてしまい逃げ腰になった。

猫嫌いの人の声でわたしのほうがびっくりした。なので、逃げ腰になった。

びっくりしたのは母さんで家から飛び出てきた。

「バーバ、転んだの」

「いやあー、黒い猫がいるもん、でさぁ」

「野良猫でもいるの」

黒い猫を見た母さんは
「ラブちゃん、どうやってきた」

「……」

「あんたが連れて来たの」

　黒い猫を見た母さんは繰り返す。

「ラブちゃん、どうやってきた」

「……」

「あんたが連れて来たの」

「まさか、環状線を渡らないといかんだよ」

「そうだねえ、知らぬ間に後ろをついて来た」

「そんなぁ、後ろを見るなんて。まさか、ラブが後ろをつけて来るなんてふんとうに（本当に遠州弁）しょうがない猫」

「危ないよ。車が多いで」

　ラブは鳴かないし、返事もなくきょとんとして、捕まえようとしても捕まらず、猫がうしろからついてくるかどうか見ながら家に戻るしかなかった。

　わたしと母さんがいる場所は家から見れば南側にいる。北に向かって歩くのに広い庭の家を通らないと環状線迄たどり着かずわたしは遊ぶ。

　よその家の塀をぴょんと乗り、飛び降り敷地内を歩いて塀の上を平均台みたいにして歩く。

何度も繰り返す。気難しそうな家は素通りするので、ほっと胸をなぜ下した母さんの顔が面白い。

『猫の勘ってあるの』って顔をしていた。

環状線の信号機まで来たので渡ろうとしたけど、知らぬ振りをして渡らないので、母さんは困り果てた。

ずいぶん待たせ信号が矢印方向に代わる寸前に、わたしの好きな車なのでバンパーに身体を擦り付けて渡って来た。

信号待ちをしている車は多く注目された。

恥ずかしくなってお母さんは運転席の人にぺこぺこと頭を下げていた。

家に着いたわたしはお仕置きでゲージに入れられた。

一週間もお仕置きを受けた。そのときだけは鳴いたよ。

「出して、出たいの。もう逃げないから。お願い」

「ラブ、環状線がどれほど怖い道かわかるか。大事なラブだから、反省するまで入っていなさい。お前がいなくなったら、猫のいない生活は耐えられん」

「……はい、わかりました。涙もろい父さんね。わかりましたよ、もうしない」

父さんは涙まで出してわたしに言い聞かせた。内の中くらいはいいと思うけど、ゲージから出してくれそうもないので、つまらなくなりハンモックに寝てばかりいる猫に変身した。

冷蔵庫の上から眺めれば

ラブのいない朝ご飯は味もそっけもなく、出汁の効かない味噌汁そのもの。殺風景な朝ご飯にラブの昨日までの様子が過った。

ラブはいつも母さんの側で朝ご飯の支度を眺めていた。ラブのお目当ては外に出ることだけど、野菜の葱や白菜などが家の中に置いてあるとがっかりで、『納豆の中に入れるネギを採りに行かないの』と納豆の作り方を眺めている。

すると、納豆の器にしらす干しと葱を入れ、辛子にたれ臨醐山の黒酢とエゴマのオイルを入れると出来上がりみたいだ。

毎日欠かさず食べているからわたしのキャッフードと同じかなぁと思った。

朝ご飯になると癖みたいのがあり、流し台に飛び乗り冷蔵庫の上に飛び乗る。

二人の様子を眺めるのが日課になっていた。

お父さんは、先ず納豆をくるくる回すのが得意みたいで、

〝酢にオイル箸でクルクル納豆の葱とシラスは目をまわしおり〟

その納豆を父さんは異常なほどに回し、見ているわたしの目はトンボの目ぐらい回り、降りるの

も危ない格好してさ。
歩こうとすれば歩くのにフラフラして、そんなすきを見計らって母さんは外に出る。すきを狙っていたわたしが母さんにすきを取られてしまった。
悔し顔をしたわたしに
「ラブ、母さんに一本取られたなぁ」
と笑いながら、父さんはわたしを膝に抱えて頭をなぜなぜする。目を細め
「あーあ、気持ちいいわ」
が日課だった。

ラブを探しに

父さんは今日の予定を話し出した。

「洗濯物を干したらなぁ、ラブの写真をコピーしてくれ。俺は保健所と警察に電話して、済みしだいラブを探しに行くからな」

「はい。急いで済ますから、早くラブを探しに行かないと。待ちかねているかも知れないね」

「世話を焼かせるやつだよ」

「私が鵜呑みにしたばっかりに、申し訳ないねぇ」

車に乗り金指街道を横切って姫街道を右折した。

そんなお父さんにムッとした。

「どうして、インターの方に走っていかないよ。ラブがトコトコ歩いていたらどうするよ」

「おろした場所が分かっているもので、そこまで行きゃあいいじゃ、んか」

母さんはラブが家に向かって歩いていると思い、紺色のトヨタの車が来るのを探しているのではないかと、父さんの言葉が頭にきて、フグのように顔どころか、体中が膨らんで爆発するのではと思うくらいに怒れた。

【人生は野生の虎のようなものだ。
あなたはそこに横になって、
頭の上を虎の前足で、
押さえつけられるのを許すか、
あるいは、背中にまたがって、
それをのりこなすかだ。】
『野生の虎に乗れ』を心の中で呟き、
（こんなことで喧嘩して、事故でも起こしたらどうするの。スマイル、スマイル。高齢者の事故は毎日テレビで見ているじゃ、ん。自分で運転してご覧。乗せてもらえてありがたいと思わなくちゃ）
『早く迎えに来て、お願いだから。夕べは寒かった、母さん早くお願い』
ラブが呼んでいるような気がした。
『呼んだよ。父さん、母さん。ありったけの声を出して泣いたけど、遠くて、父さんの耳がいくら良くても届かなかったと思うよ』

筋交い橋の信号機に左は舘山寺街道真っ直ぐ細江の表示板が、でもコンテナが後ろにいかないのでここではないと真っ直ぐに細江の方向に向かうと、上り坂になった信号の処に左舘山寺まっすぐ細江の表示板を見つけた。

「ラブちゃん、ラブ。お母さんよ。ごめんね。ラブちゃん、ラブお母さんとお父さんも一緒だよ。ラブちゃんを迎えに来たよ」

西区は竹藪が多く、竹藪に向かって呼び続けた。道の反対側は日当たりがいいのでこんなところに日向ぼっこでもしているかもと、

「ラブ。ラブちゃん。お父さんとお母さんよ。ごめんね。迎えに来たよ。出ておいで。ラブお母さんが迎えに来たから出ておいで」

暇つぶしにヨモギでも摘んでいれば足元近くまでラブが来るのではと、腰を落としてヨモギを採っている。

車に乗っている人が見たならば

（怪しい人だなぁ）

と警察でも電話する。それほど人相も悪くないので

（こんな道路端のヨモギなんて汚いわよ）

と思われたかも。食べないよ。

ヨモギはもっと日当たりが良く肥えた太めが美味しい。

山里ほど香りも深い。

ここは車の数が少なく、たまにすうーと通って行く。

人通りではなく寂しく怖い処なので、ラブのことがない限りは素通りするような場所でもある。

お父さんは車でここら辺あたりを一周して捜しまわり、母さんは腰を伸ばし、辺りを見回して
「ラブ、ラブちゃん。お母さんよ。迎えに来たから出ておいで繰り返した」

半時くらいはほどヨモギを採りながら待ったけどラブが出て来ないので引き揚げた。ラブの写真を配りながら、掲示板にも許可を貰い張らせてもらった。

車で広い場所に止め、あちこちを眺めてを繰り返したけど梨のつぶてだった。

帰宅してみると小包の不在票が入っていた。

電話をすると文芸社の本が届いていた。お父さんは
「おまえがなぁ、ラブの宅急便なんて一言書くもので、ラブのやつが宅急便になったじゃ、んか」

ラブがいない寂しさで機嫌が悪く手の施しようもなくなった。

『ラブちゃん。明日まで待って、てね。明日は環状線を走り、舘山寺街道を走っていくから、きっと待っているのよ。きっとね』

ラブがいなくなった次の日に本が届いたのもなにかのお導きと考える人はめでたい人としかいい

ようがない。
なので、これも出会いだと信じて袋の中に本を入れた。

助け舟

用事の無い日は、洗濯を干してしまうと二人で環状線を走り、西インターを越えて館山寺街道に入った。

ゆっくりと走るけど猫一匹道路など歩いている猫はいなかった。

日当たりの良さそうなところを探したけど、猫の気配すらなかった。

（二人が猫のことを知らなすぎるだけのこと）

なので、今日もダメとがっかりして帰宅した。

猫のいない生活は灯が消えた家で、父さんが認知症にでもなりそうなほど怒りっぽくなり、思案に暮れだした。

そこに突然従兄弟がやってきて
「タカさん。旅行に行ってくれないか」
母さんは即座に
「ねぇー、連れてって。猫がいなくなってしょげて、手の施しようがない」

「申し訳ない。タカさん一人だぜ。女房がどうしても行きたくないって。俺は一人でも行こうと思っているけど、相手があるに越したことないものでなぁ。他に頼める従兄弟がいないも、んで、体だけ来てくれりゃぁお金はいらない。三十日から一日の元日まで頼む。本当に他に頼めそうな従兄弟がいないものでよかったなぁ」

ほっとした顔をしていた。

「ただじゃぁ悪いなぁ」

「本当に体一つでいいで頼む」

父さんは鳥羽、和歌山に旅行に行くことになった。

あくる日も朝の用事が済むと猫を探しに行ったけどなしのつぶてに。

釜石に出張していた息子が帰宅した。一日だけこっちで仕事納めをした。ラブのこと話すと直ぐに、場所を聞いて走り出した。

薄暗くなり始めたころに、

「根本山に黒い猫がいた。飼い主が来るって頼んだから行ってみないよ」

即刻に二人で出かけた。根本山のイチゴ狩り倉田園に行くと、奥さんが、母屋と作業場の間を抜け、裏に回ったところへ案内してくれた。

「家の中には飼い猫がいるけど、どこからともなく野良ちゃんがやって来るの。慣れたころ避妊手術をして、放し飼いにしている。黒い猫もこの頃来たばかりの猫だよ」

「へぇーすごいだねぇ。ありがとうね」

「ここら辺に隠れているかも」

奥さんは、ハウスの登り口とか、農機具の小屋辺りを案内しながら、猫の話を絶やさなかった。

母さんは根本山のミカン畑に
「ラブちゃん。ラブ、お母さんよ。ごめんね。迎えに来るのが遅くなってごめんね。ラブちゃん。出ておいで」

何回も繰り返した。すると、奥さんが
「反応したに」

「どこ」

「上から降りて来たん、だね」

黒いものが一瞬は見えたけど、日暮れで暗くて見えにくかった。

ネズミも鳥も捕れない猫が生き延びるためには、どこかの人に餌を貰うしか方法がなく、ラブは食べ物だけは不自由なく頂けるので有難いことだと頭が下がった。

明日必ず来ることを約束して家に戻った。

家に残してあったキャッフードと私の本、手作りの干芋などを持って根本山の倉田園に出かけた。奥さんが出かけていて、娘さんが

「お宅の猫は木登りが得意ですか」

「得意中の得意。裏の二階屋で塗装を始めた家があるの。五十嵐さんって人が見ていたら、柿の木に登り鉄骨の足場にひと飛びで上って一周隈なく観察してきたらしいよ。猫は珍しいものがあると興味本位で直ぐに覗く癖みたいのがあるよね」

「ここに居る野良猫はあすこまで高くは登れない。だから、いじめられずに済んだみたい。お母さんが餌をあげると直ぐに食べて、何処かに隠れてしまうから、出てこないので、探すのに大変だね」

家の裏になる根本山の頂上までいちご園のハウスが三通りに並び、一通り目の数は上まで上がらないと数え切れない。所々に植えたミカンの多さにも圧倒された。

餌を与える時間に合わせて来ないと黒い猫には会えないことを知った。

父さんは明日から旅行で二泊三日も家を開けるし、きょうは会いたいと張り切ってきたのに、肩を落とし車のハンドルも重たく感じた。

父さんは旅行に出かけ、母さんはラブの猫探しに費やすことにした。

車に乗り根本山に出かけた。猫好きな奥さんが

「あなただということは家の家族全員が知っているから、一々挨拶に来なくてもどこでも探していいからね」

「ありがとうございます。それじゃぁ、留守の時でも家の周りからいちご園まで探させて頂くで、ね」

「どうぞ、どうぞ。お気が済むまでどうぞ。捜してあげてください」

母さんは家の周りからハウスの野菜畑、階段を一つずつ上りいちごハウスの間などを隈なく見た。

でも何処に隠れているのか猫一匹も見あたらない。

ビニールハウスの藁など置いてある所には猫のねぐらになって、へこんでいるけど今は間ぬけの殻になっていた。

『ひとりだし、午後の餌時間にくれば』と家に戻った。


午後になり出かけた。駐車場に着くと携帯の着信に話し込んで、餌を食べに来ていたのにすれ違いになってしまい空振りに終わった。

そんな空振りでも楽しみもあった。野良猫が住み着き、仔猫なので夜は車庫に入れて朝まで過ごす猫がいた。

ちょろちょろとついて回るので【ちょろ】と名前がついていた。

年取った雌猫の野良猫と二匹は車庫に入れて寝るとか。

その猫と遊ぶ時間が癒しになった。

猫を捜すよりも癒されていたのかもしれない。

一月の寒入りまでには去勢手術をしたいと洗濯ネットの網の袋になかなか入らなくて困っていると話した。

このまま、この状態でこの【ちょろ】を野良で飼うのなら、内に譲ってと頼んだ。

奥さんはよいと応えてくれたけど、中学生のお孫さんが家においで欲しいとのことなのでご破算になり、母さんは猫がいなくなってしまった溝をどうやって埋めようかと考え始めた。

大みそかの日も朝だけは見に行ったけど会えない。

元日も行ったけど会えない。

二日は親戚の人たちが来るから行けない。

三日の日に父さんと出かけ初めて黒猫の姿を見た。

『毛並みに艶が無くなった。丸く見える。少しくらいは飼い主のこと覚えているはず』

二人を黒猫も見たはずなのに、知らぬ振りをしていた。

先ず首輪が無かった。

お父さんは家のラブじゃあないと憤慨して怒り出した。

「あれだけ大事に飼っていた猫が俺たちを忘れるか。俺はもう二度と見に行かないからな。行くならお前ひとりで行け」

旅行の疲れもあり、異常なほどに怒りっぽくて手の施しようがなくなった。一人は気楽なものと行きたい時間になれば、根本山までドライブがてらに出かけた。

ある日、餌を食べているときの仕草を見た。

餌を食べるときに左の耳が折れるので、家の猫ではないと気が付いた。

でも猫は欲しい。

ラブがいない生活なんて、耐えられないほど情緒不安定な生活が始まった。

ますます二人とも怒りっぽく、些細なことでも八つ当たりが飛んで来た。口げんかも始まる。

お父さんの方が酷く痴ほう症にでもなったらと心配の種が生まれた。

動物愛護センター

フラダンスの練習日に野良猫が欲しい。

今すぐにでも
「動物園の中に動物愛護センターに行けば貰えるかも」

と、平山さんが教えてくれた。

「家の裏なら幾らでも野良猫がいる」

大美さんの言葉に行ったけど会えない。

三方原動物病院の側だったので寄って聞いた。

「飼い猫でも、いったん外に出ると飼い主を忘れるものですか」

「外は開放感があって戻る猫の方が少ないかも」

明日こそ、動物愛護センターに出かけようと決めて休んだ。


愛護センターに着くと、ことの訳を話す。

真っ黒な猫でお腹に少し白い毛がある。去勢済み、首輪はピンクっぽい赤。住所と電話番号を書いた。

猫が頂けるものと出かけたのに、それぱかりは捨て猫ゼロの会をご利用下さい。

自宅に戻り母さんは捨て猫会の会長さんに電話をするか、しないかをためらった。

なぜなら規則違反をしたから。

【外に出さない。ゲージで飼うが絶対条件】

なのに、規則を破ったのでこんな羽目になった。

それでも猫がいないことには生活が成り立たないほどに、ぎくしゃくした生活を送っている。

スマホを持ちに行き素直に事実を話した。

「ゲージから出さない規則を破った。長野のワゴン車乗って途中で降ろされた。猫が行方不明になって二週間以上たった」

「今度の土曜日に譲渡会があるの。その時詳しく聴きますからお越しください」

土曜日になった。有玉団地に譲渡会のお家があり、その会場には一匹だけ黒い猫がいた。会長さんもお見えになっていた。

「ゲージから出して飼っていた私たちが悪い。外に出す癖をつけてしまった私どもがいけなかった。それでも見つかるまでの間も猫がいないことには生活できない。二匹になっても大事に育てるから猫を欲しい」

勝手な言い分を並べる母さんに分析した答えが帰って来た。

「外へ出してしまったことを、今さらとやかく言っても始まらない。これから先のことを考えましょう。すべての手続きは済んでいますから、とりあえず根本山の猫を捕まえる方法を考えましょう。都合の良い日を教えてください」

「十四日と十七日」

「根本山の倉田さんに檻を持って行くので連絡をして置いてください」

会場にはたった一匹の黒猫がゲージに入っていた。

その猫を抱かせてもらい幸せな気持ちと和やかさが戻り家路についた。

家に猫が来ると思っただけで、落ち着くのも歳を重ねたわびしさのせいだろうか。齢を取るとすき間風が無性に湧いてくる。

昔の家ならば傾きかけた柱に障子紙などを挟んですき間風を凌いだ。あの感じに似ている。どんなに豊かな生活になっても、猫がいない寂しさは心のすき間をあたためる格好の生き物ではなかろうかと私は思う。

一月十五日、午後三時ころに動物愛護センターから電話が来た。

「お宅の猫らしいのを届けた人がいますけど、見に来てください」

「行きます。直ぐ行きます」

母さんはすぐ出かける支度をした。

ラブの猫入れバックと毛布などを入れ、五分も経たないうちに
「父さん、もういけるよ」

「行くか」

二人で動物園に向かって走った。

隣が愛護センターなので直ぐに着いた。

早く会いたくて、手続きももどかしかった。

こちらにどうぞの言葉に奥の方に歩いて行くと、ゲージにバスタオルを覆ったところで足を止めた。

職員さんがバスタオルを外すと、忘れもしない家の猫が屈んでうずくまっていた。

そして、ゲージを開けた。

腰を脱臼しているというのに、歩くのもやっとなのに。

お父さんの足元に一歩、二歩と這うようにして、やっと辿り着きズボンの裾を掴まえて鳴いた。

「お父さん、お父さん会いたかった。お父さん会いたかった。会えてうれしい」

「よかったなぁ。本当に良かった」

お父さんはラブを抱き上げ、涙を浮かべながら母さんにわたしを渡した。

「ラブちゃん、ごめんね。帰ってきてくれてありがとう」

わたしは猫の小さな籠に入れられた。

書類を書き終えるのを待つのに遠くの方に置かれ、二人の姿が見えにくかった。

死角になっているので母さんが見えない。側に居たくて鳴いた。

その度に母さんは
「ラブちゃん、もうちょっとだから待っていて。この書類を書いてしまわないと手続きの終了にならないから」

私が鳴くたびに
「ラブちゃん。もうちょっと待ち遠しいねぇ、ごめんね。あと少しだから」

母さんは何度も繰り返した。

やっと手続きが終わり、わたしの籠を提げ、お礼を言って愛護センターを立ち去った。

車に乗ってすぐにわたしは吠えた。

『猫が吠える』犬が遠吠えするみたい「ウォー、ウォーン」って。

お父さんは
「入口の戸を開けてあげよ」

「ラブちゃん、お医者さんに行って診てもらうから、痛いところの原因が分かるからね。違うところばかり探してごめんね。本当にごめんね。ラブちゃんのいない生活なんてしぼんでね。お父さんとお母さん些細なことでもおたふくさんになっていた。ありがとう、ラブちゃん」

声を掛けながら頭をなぜなぜしていると吠えるのは止めた。

「お母さん、お父さん会いたかった。会えなくて辛かった。どうしたら家に帰れるか分からず心細くて途方に暮れた」

吠えるのは止めたけど、応えるような鳴き方だけは続いた。

動物病院に着くと

「レントゲンを撮りましょう」

レントゲンの結果は

「脱臼ではなく骨盤の骨が折れています。ここをボルトで止めて固定しないことには。先ずは正常に便が出るかを確認してから手術をすることになります。今日から入院です」

「先生治ります」

「便さえ出してくれれば。手術をすれば大丈夫です。背骨でなくて良かった」

「宜しくお願いします」

お父さんは嬉しくて先生の側に駆け寄り、

「先生、ありがとう。お願いします」

先生の手を握手かと思えば、もう一方の手まで重ねて先生の手を握り締めて感謝を込めた。

お父さんの手は小さいけど、肉付きが良くふわふわしていて気持ちがいい。

先生も気持ちいいだろうなぁと母さんもわたしも思った。

帰宅後（なんて幸せなのだろう）二人の気持ちはふわふわ浮かれてしまい、春などまだ先なのに、立春だって半月以上はあるというのに、

「春が来た　春が来た　どこに来た　山に来た　里に来た　野にも来た」

「ラブが来た　ラブが来た　どこに来た　家に来た　家に来た　ハッピーハッピー。　繰り返し春の替え歌は続く」

居間でその歌を聴いていた父さんは（もうちょっとましに歌えたらなぁ。下手にも程がある。猫が帰ってきたことだし、耳にせんぼかぁ）

鼻歌気分でわずかな間に夕食を作り、たいしたものでもないのに、コクがあり深みがあっておいしいと三週間ぶりに感じる味覚だった。

同じ地区の動物病院なので毎日見に出かける。便も正常に出たとのこと。手術をしようとしたら、看護師さんがインフルエンザにかかってしまい、日延べになった。

小学校も学級閉鎖になっていた。顔を見るだけでも幸せなことなので、毎日行くと鳴くの。鳴か

ない猫が鳴く。

「お家に帰りたい。お父さんお家に帰りたいの」

と言っているようで、お父さんは涙もろいので
「先生に直してもらうようにお願いしてあるから、もうしばらく我慢しなさい」

「早く、帰りたい」

子供が虫を起こしたような鳴き方に
「ラブちゃん、そんなに鳴くと体力を落とすよ。もうちょっと我慢していてね。痛いところも、もう直だから」

「鳴く、痛いの、早く治して。鳴く、家に帰りたい。切なそうに鳴く」

後ろ髪を引かれる思いと気の毒になってしまうほどの鳴き方に先生は、済まなさそうに、お辞儀をして
「看護師さんが来たら直ぐに始めるから今しばらくお待ちください」

二日後、手術を無事終えたと連絡があり、毎日覗きに行ったある日、糸が抜きついでに退院になった。

一ヶ月振りの我が家

ラブは廊下を歩いても左足がこけた。何度歩いても猫にしては気の毒な格好で見るのが忍び難かった。

私は月一回の筋膜ほぐしの拓整体所で筋膜ほぐしをしてもらっている。

そこで教わったことをラブにしてみた。

「痛いときにすぐ手で押さえるでしょう。あれは良いことなのですよ。猫が帰ってきたらするといいかもしれないよ」

母さんはわたしを抱っこした。

尻尾の手前の丸坊主になったところに手を当て静かにしている時間が何よりも幸せのようだった。

わたしは気持ちよくてうとうとしてしまう。

母さんがお昼の支度に立てば、父さんが代わって同じようにしてくれた。

どっちも気持ちがいい。

何よりなのは二人とも幸せそうな顔がたまらなくうれしい。

二月になり母さんの筋膜ほぐしの予約日になった。

母さんはわたしを洗濯ネットに入れ猫バックに入れて拓整体所に出かけた。

母さんの後だけどわたしも筋膜ほぐしをしてもらった。

何だかわからないうちに終わった。

でも、わたしのそれからは目を疑うくらい日増しに普通に歩く猫に変身した。

二回ほど外に出てしまい、一回目は直ぐに捕まってしまった。

日を増すごとにしっかりした足取りに逃げ出したときは車の手の届かないところに居座り、あげくにプレハブの作業小屋の下は空いているので、かっこうの隠れ場所で手に負えなくなり、アパートの塗装工事に来ているお兄さん四人くらいに頼んで捕まってしまった。

あれ以来、わたしは外に出してもらえない家猫に変身。

『走りたい。どうするの』

母さんが作ってくれたアクリル毛糸の鞠で遊ぶのさ。

東の勝手場から西になる廊下までの距離は五間半を何回もボールを追って走る。

銜えて母さんのいる処に置けば投げる。

すばしっこく走り、銜えて運ぶのを繰り返すこと十回までは全力完走で仕事をしたって感じだよ。

わたしの休む場所は母さんの枕元。木製のセミダブルなので余裕もあり、母さんが寝返りをしても邪魔にならず安心して休む。

枕元には母さん特製のラブ用のカシミヤ座布団が置いてある。

これは母さんがキャディー時代に制服の下に着たお下がりだけど、袖も中に折りたたんで二つに折って縫い合わせた上等品だよ。

古いものだけど本物のカシミヤだから気持ちよく休める。

怪我をしてそこに飛び乗ることができないので抱っこしてそこに座った。

降りるときはぎごちなく降りた姿を見られてしまい、薄手のクッションになるような工夫を凝らした敷物を置いてあったので助かった。

十日間経って飛び乗ることができ、不自由な体も日増しに回復し出した。


晩ご飯を食べにやってきた父さんは箸を持っただけでいらないと食べずに居間に戻った。

わたしは心配になり炬燵の布団の上に乗り、父さんの顔色とか、様子を観察していた。

父さんはそんなこと露とも知らずテレビに夢中になっていた。

何回も放映されている鬼平犯科帳に気をとられ逆流性胃炎もおさまったのかもしれない。

わたしは心配で夜中に母さんの処を抜け出し父さんを覗きに行った。

夜中と、朝方に
「夕べ夜中にラブのやつは俺の部屋に来たぜ。朝方も来たなぁ。珍しいことがあるじゃぁないか」

「お父さん。夕べご飯を食べなかったもので、心配で覗きに行ったじゃぁないの。何も鳴かなくても言葉は通じているし、顔色を見るのも私以上に見ているのじゃぁないの」

「そうかなぁ、心配してくれる人がもう一人増えてありがたいことだなぁ」

「鳴かないラブちゃんだけどお利口さんだよ」

「はは、有難いことだ」

わたしは父さんに抱きかかえられて頬ずりをされ照れ臭かった。


二か月後の三月の終わりにわたしは初めて一番高い冷蔵庫に上がることができた。母さんは嬉しくて父さんにすぐに知らせに行った。猫のわたしは『ラブちゃん、すごいじゃ、ん。えらいじゃ、ん。元通りになって良かったね』って声をかけてほしかった。

お父さんは座ったままでわたしを見ようとしたからわたしは飛び降りた。冷蔵庫に張り付けてある非常用の懐中電灯を落とした。わたしの耳には爆発して破裂したほど大きな音だったので大事な鼓膜が破れたのではないかと思った。

母さんの隣の部屋はパソコン室で、本棚の高さをフラダンスの仲間の大美さんが建具屋さんなので三段ほどにしてもらった。

使いやすいと母さんのお気に入りだ。

パソコンの手が届く隣に置いて重宝になったと独りで喜んでいる。

父さんと筋違いの背中合わせでパソコンを打ち、わたしの得意はデスクチェアーの上に飛び乗り、母さんの椅子でガリガリと爪とぎをする。

暫く休んで、父さんの椅子に飛び乗るのが得意技とも言える。

父さんのいるときにすると、

「おぉ、来たか」

と岡崎に嫁いだ愛娘が来たように顔がほころぶ。

わたしの好きなリンゴは奥の部屋に移動した。

朝起きてすぐに母さんが持ちにいけば必ずトコトコついて行く。

奥の部屋で遊んでいると置いてきぼりを喰らって、台所の戸を反対側から筋交い棒をされてしまう。

最初は直ぐに外すので、外れないようにビスを長くして工夫した。

どんなにガリガリしても外れない。

わたしは入り口で母さんが出てくるまでお座りをして待っている。七時十五分になると、ビーエスの朝ドラが始まるので必ず戸が開いて居間に入り、父さんと朝ドラを見るのが日課になっている。

わたしは外に出たいと思う。

なぜかと言えば家の周りにウロウロし出した仔猫がいる。

その猫に会ってみたいと思う。

母さんはわたしの餌を与えていたけど、仔猫だと認識したら仔猫用の餌まで買って来た。

父さんに報告している様子から、家の猫にするか畑のネズミ捕りにお願いするかもと話している。

先ずは捕まえて去勢手術だって。

わたしは母さんの後を追いかけ脱衣所の洗濯機に行ったとき、洗濯機を一周していたら戸を閉めて行ってしまった。そんなこととは露知らず、いつものように、筋交い棒はバッチリはまっているので安心した母さんは、外からの戸を開けたまま脱衣所の戸を開けた。びっくりした母さんは悲鳴をあげ

「ラブちゃん、だめ、だめ。外へ出てはだめよ」

わたしは一目散で勝手場の入口から外に飛び出した。

母さんは静かにわたしの側に寄って来るけど、一瞬で交わす。

四、五回繰り返して諦めた。

わたしは元通りの身体になったので庭を散歩したかった。

車庫を出て前の五葉松を眺め、フルスピードでから池の処まで走り、石橋を渡って松の木で爪とぎをする。

仔猫の匂いを嗅ぐ。

あちこちに残した仔猫の匂いが苦になる。

『わたしの庭なのに許せん。とは言うものもこの頃では【籠の中の鳥】さ。わたしは猫だからゲージの中の猫。いやいや、ゲージはハンモックを使うときだから、家の中の猫【家猫】さ』

母さんは洗濯物を干す。

わたしはアパートを一周し、メカドックの修理屋さんの前を悠々として通った。

息子の家を一回りして、五十嵐さんと母さんが朝の挨拶をしていたので、わたしも側に寄って行った。

捕まりたくないので遠くで話を聴いているだけ。

五十嵐さんが声を掛けてくれるまで聞き耳をたてている。

「ラブちゃん。おんもに（表）出て来たのか。ちぃーと（少し）遊んだらお家に帰りなさいよ」

大好きな五十嵐さんの声でさえ聞こえぬふりをしているので笑えてしまった。

今年から自治会の組長になったので何かと用事があり、電話をしていると、ラブが足元にすり寄っ

て
「今、帰った。外は楽しかった」

と言わんばかりに。また外に飛び出した。

苦になるので家の中に待っていた母さんに、今度は甘えた仕草をして、餌と水をおねだりした。

『やれやれだね。わたしもご飯を食べたら横になる。久しぶりのお外で走りすぎた。運動不足でくたびれた。ハンモックで寝よう』

スヤスヤ、ぐぅー、ぐぅー。晩まで眠っていた。

ラブのこの頃

コロナウイルスは動物にも感染するとお父さんはお母さんに話していた。燃えるゴミを出しに行くとアパートのご婦人が

「この頃ね。ラブちゃんが寄ってこない。なぜか知らないけど、遠くでこっちを向いているだけになってしまった」

「あぁ、ごめんよ。ラブね。私らの話を聞いていると思うの。コロナウイルスの話。飛沫感染も、接触感染も動物にもうつる、ラブにうつっても、うつしても大変って話しているもので、人の側には寄らないと思うの。寂しい想いをさせてしまってごめんね」

「そうかねー。お利巧さんの猫だね」

「ありがとう。もう少しの辛抱だと思うの。お互いに自粛を心に留めておこうね」

「そうだね、母さん。その通り、ありがとう」

裏の五十嵐さんの家には直ぐに飛んでいくので

「あのね、コロナウイルスは猫にも感染するらしい。なので、側に寄って来てもなぜなぜしないでね。五十嵐さんに感染させてしまったらとんでもないことに。これからしばらく、何があっても外

には出さないことにする」

「えぇー、寂しいなぁ」

「たまには逃げ出すかも。そんな時は絶対に此処に来て隠れる」

「は、ははは」

「でも、声を掛けるだけにしてね」

「寂しい、特に孫が寂しがる」

「ごめんね。ありがとう」


私の枕元に寝ているラブは、朝になると気忙しいほどに動き回る。

「ねぇ、外に出たいの。用足しもしたいの。早く起きてお願い」

を、繰り返している鳴かない猫も鳴く。

何処からも抜け出すことができないので、鳴いてせがむしか方法がなくなった。

そんなラブをひょいと抱えて、縁側に置いてある猫ハウスに連れていく。

「ラブちゃん。みんな自粛しているのよ、ラブも猫ハウスで自粛。うんちも猫砂に出してね」

「ウゥーん、つまらん。お外に出たいのに」

「自粛、自粛」

「……」

今はパソコンの前を陣取ってしっぽを振り振りしている。

「あなたのことを打っているのよ」

「おぉ、そうかい。邪魔しては悪いね」

(機嫌が悪い、ストレスかなぁ)と、飛び降りた。

(私と同じでラブも重たいなぁ、何か運動をしなくては)しり上がりに増える体重にやっと腰をあげた。何をするって言うのだい。良い運動があるのよ、にわかに体重は落ちないけど、健康にはうってつけ。

キッチンの作業場が広くなっているのでそこで足腰を伸ばす。

今から始めるのは【伊賀の忍にん体操】三重県の県民体操。

全体の筋肉を均等にほぐし、バランス感覚が悪いと片方の足では立てない。

一日目はしばらくどころか忘れるほどにしていないので、最後の右足立ちがよろけた。

肉離れをおこしたことも、トラクターで畑を耕したせいかは定かではない。

だけど、そこには運動不足の肥満体がでんとキッチンの作業場を一人分以上陣取っていた。

茹でたキャベツ

お昼になった。

今日のお惣菜は豚ロースの焼肉、内の人はキャベツの千切りは絶対に食べない。

なので、熱湯を沸かしオリーブ油を少し入れてキャベツを茹でる。

歳なので歯ごたえがあるかないかの瀬戸際ぐらいの茹で加減。

早く言ったら適当なこと。

紫キャベツもあったのでそれも一緒に、暫くなるので全部を茹でてしまおうと適当に包丁で切った。

少しずつ数回に分け茹でた。

茹でてしまうと紫色の鮮やかさに捨てるのが惜しくなった。

ここからが主婦歴半世紀が物申す。何に変身するか楽しみだねぇ。

先ずは下にボールを置いてステンレスザルに鍋の茹で湯を潜らす。

ボールに落ちてきた茹で湯を鍋に戻す。

火にかけてあく抜きをする。
オリゴ糖もしくは砂糖を入れ塩少々入れ味見をする。
粉寒天を入れて全体に行き届くように回す。
出来上がったものを容器に入れて固まるのを待つ
はい、できあがりだよ。

三時のおやつに出した。
「生臭い」って。
キャベツが嫌いだからもういらないと言われた。
私は食べたよ。意外といけるわ、栄養も満点じゃ、ん。
紫色は目に効果あり。
横文字で言えばうーん、アントシアニンかな苦手だよ。

次の日前のおばあさんの家に持って行こうとしたら
「そこらを、ふらふらと歩くな」
の一言に行かずじまいになった。

待っているだろうに【自粛】の言葉が重くのしかかってきた。

ボケーっとテレビを見ていたら、羊羹が画面に出たので
「お父さん欲しい」

「いらん、いらん」

「それじゃぁ、頂くわ」

「勝手にしろ」

冷蔵庫から出してきて、居間で
「あぁ、美味しい。又食べたい味だわ」

「気が知れないなぁ、本当に」

キャベツの嫌いな人に美味しいと言ったので苦虫をかみ潰したような顔をした。その顔が側で食べて申し訳ない気がした。

多めに茹でたキャベツは小分けしてラップに包み冷凍保存袋に入れて冷凍すれば、いつでも使える優れもの。

キャベツの貰い過ぎもこうしておけば時ならぬときに重宝する。

甘夏が終わりになったので久江さんに電話した。

八十八夜になったのでやっと、夏が近づく温かさに炬燵を片付けているとのこと。

それならば私もと片付けた。電話が来た。

「もう、採って置いてあるから来てもいいよ」

「今、行く」

「なぁ、ちゃんとお金を払って来いよ」

「はーい、必ず払うから」

なので、いつもの倍もポケットに入れて玄関のチャイムを鳴らした。

ご主人がコンテナに移し替え車まで運んでくれた。

お金を渡そうとしたら、コンテナにいっぱいもあるのに
「いい、いい。いらんよ」

「そんなぁ、そんなことしたらお父さんに怒られる。いつもの倍は払って来いって言ったもの。家の中に入れてもらえないに」

「それじゃぁ、半分でいい」

お札を手にしていたので百円玉を数えながら半分のお金しかとってくれなかった。

「また、何かでお返しするね」

「いい、いい」

一点張りで、甘夏は大好物だから遠慮なく戴いて帰宅した。

毎日食べる一人で一個二人だから二個は必ず箱から減っていく。食べるたびに

「都田口の大判焼きでも買って持って行く」

「そんなのは嫌」

「それでは何にする」

「きょうね、舞茸が切れたから買いに行く。家の分くらい買って持って行く」

「ほぅ」

「そのほうが家計の足しになる」

「よく気が付いたなぁ」

「主婦だ、もので」

「なるほど」

早速、山本舞茸屋さんに買いに行く。

いつもは徒歩だけど、車に乗って出かけた。

すると、裏の二人の子供さんが虫取り籠と網を持って歩いていた。

ふっと、お父さんの言葉が私の中を過った『どこかの子供がサクランボを採りに来ないかなぁ』

車を止めお父さんに
「ねぇ、○○さんサクランボ採りに来て。お父さんが外に出ているから、行ってみて」
「ほぉ、ありがとうね」
二人の子供さんがしきりと私に手を振ってよこした。
一旦停止して右に曲がれば山本舞茸屋さんなのに、左に曲がったので信号待ちしながら『本当に馬鹿、舞茸を買いに来てどうして左よ』信号待ちが長い。
すると『今のことお父さんに連絡するために家に戻させた』
なるほど『ありがとうね』
お父さんに伝えて、家の周りの畑で網を使って遊んでいる子供と父親に声を掛けて、今度は舞茸屋さんに行くことができた。

久江さん宅に着いた。

「ねぇ、昨日はあんなにたくさん甘夏ありがとうね。きょう舞茸を買いに行ったの。昨日のお返し」

「いいのに。それでもうれしい、ありがとうね」

「どういたしまして。さっそく甘夏頂いている。美味しいに」

「今年は特に美味しい」

「この前ね、紫キャベツをいただいたじゃ、んね。まだある」

「あれさぁ、残っていたけど、こんなに堅いものって、お父さんこいで捨ててしまったに」

「嫌だやぁ、欲しかったのに」

大きな紅葉の木の下で、毎日作る献立談議が始まった。

その前に紅葉の話

岐阜に住んでいた久江さんの義祖父は秋葉山にお参りに詣で、その帰り道に『此処に決めた』と秋葉山の帰り道で見つけた小さな紅葉を植えて岐阜に戻った。

その木が立派に成長し道行く人が『あぁ、涼しそう。けなるいわぁ』って。いっときの時間を至福に満たす大木ともいえる。


「焼肉のときに、生キャベツがだめだから両方のキャベツにオリーブ油を入れて茹でて食べるの。そのゆで汁の紫が際立っていたので諸々の工程を済ませ羊羹にしたら美味しかった。もう一度したいなぁと思って」

「私はね、キャベツが切れていたから、紫キャベツで餃子にしたの。初めて紫キャベツの餃子を食べたけど、お父さんが旨い、旨いって喜んだに。甘みがあったよねぇ。あんなことなら採って冷蔵庫にでも保存しておけば、今となっては後の祭り」

「あぁ、惜しかったねぇ」

「紫の玉ねぎならあるに、持っていく」

「百姓を止めたから貰っていく」

「持って行って。でき過ぎたから助かる」

「ありがとうね」

久江さんもコロナウイルスの自粛ってことが過り、キャベツを買いにマーケットに食料品の買い物を控えた。

やたらと外出しない副産物は、紫キャベツも餃子の具にすれば絶品という宝物を手に入れた。

マスクをして友達とお話しできる今許された時間。

感謝しなくては罰が当たりそうだ。

本当に感謝、感謝と手を合わせてしまう私らがいる。

おはぎ

毎日飽きもせずと落花生入りのご飯を食べていた。朝食後洗い上げをしながらたまには変わったご飯が食べたいと思った。

『暫く、赤飯も食べていない。本当は五月だからお柏餅を作るのに』

いつも失敗の連続のお柏餅が私のまえを通り過ぎた。

思い出したくないけど端午の節句が近づくと『今にみていろ、この私だって』と、めらめらと闘志が湧く。

その柏餅がいつ成功するかはまだ、まだ先のこと。

百年現役で主婦業ができるとしたら、まだ二十七年の猶予が残されていることになる。

今日作らなくても、今は得意なおはぎにしようかなと支度にとりかかった。

三合の赤飯を作るのに五合のもち米うるち米をザルに上げ水切りをする。半時過ぎに炊飯器にいれてスイッチをオンする。

炊けたら蒸らし、下の小豆の入っていないところをおはぎに使う。

ボールにとり擂粉木棒で潰して、作る分の分量を均等に区切る。

一キロの小豆餡も均等に包丁で切り目を入れとけば簡単にきれいに仕上がる。今のご時世ラップにくるめば清潔だと一つずつラップに餡を乗せスプーンとバターナイフで伸ばして丸めたもち米をのせてラップを寄せて絞れば出来上がり。

私の口にぱくりと一つお昼ご飯。

お父さんに食べるか聞きに行くと二つの返事が返ってきた。

一番初めは裏の五十嵐さんに五個の出来立てを届けた。

容器もなければ、いちいち分けて届けるのも面倒になり、赤飯も多すぎるに茶碗の上にラップをおき、ゴマ塩赤飯ゴマ塩でラップを合わせ、おにぎりの三角に握った。それを四個作った。

車に乗り、久江さん、小枝さん、丸山さんがいないので素通りして、峯尾のおばあさんの家に着いた。


チャイムを鳴らす、返事がない。ドアノブは開けゴマなので、

「バーバ、私は乃子、上らせてもらうからね」

と、玄関に声を掛けて廊下に上った。

「バーバぁ、上ったに。起きている」

独り言のように話しながら、一番奥の部屋に向かった。

ドアを開けるとベッドに横になりテレビを見ていたのか、眠っていたのかは定かでないけど
「バーバ、おはぎを作ったの。赤飯も多すぎると思って持って来た」

「嬉しいやぁ、食べたかったの」

「そいでも、五月だから柏餅がいい、ら」

「自分で作らないのに文句を言わない」

「何とかお柏の作り方が上手く出来ればねぇ」

「一つくらい不得意があっても不思議ではない」

ベッドの足元近くに敷物を置いて
「まぁまぁ、久しぶりだから、座って話していって」

「えぇー、長話になるに」

「あんたならいつまでいても、苦にならない」

「ありがとう」

人徳

おばあさんは三月初めに圧迫骨折を起こしてしまった。

私が行ったのは三日くらい過ぎた日だった。

近くに住む姪子さんが手厚い介護で介護施設の利用もなくて、殆ど無傷で正常に歩けるようになっている。

おばあさんの人徳としか言いようがないほどに、主治医の先生、鍼灸院の伯明先生のお陰もあってメキメキ回復している。

本当は家事炊事もしたいようだけれど、あと一ヶ月静かにしていてを肝に銘じて姪子さんに甘え、息子さんに甘えていると話した。

お米が切れて新潟から取り寄せた三十キロのお米を姪子さんに、息子さんに持たせると余ったお米を息子さんは
「米なんかあるとまた動き出すので、水をのせて置く」

「それって重たいの」

「朝は牛乳を温めて、お茶を此処に置いて毎朝仕事に行く。早いのに本当に頭が下がる」

「おばあさんの苦労を見ているもので。並ではないもの。そいでもずぅーとこっちに泊まっているから、奥さんも寂しくないかねぇ」

「なに、休みの日は二人で買い物もするし、昨日これを母の日のプレゼントだって」

「すごいじゃ、んね。誰の母の日のプレゼントかなぁと思って」

「少し早いけど、二人で探してみたかったたって」

「すごいねー。明かりが灯るもの」


主治医の先生の話になった。

「ねえ、先生さ、喜んでいる、ら」

「この前レントゲンを撮りに行ったの。看護婦さんがしきりと大先生の顔を見たくないっていうのよ。別にいいよっていうのに連れてきてね。大先生にも会ってきた」

「いくら、男でも先生涙をいっぱい浮かべたのじゃぁないの」

「は、ははは」

「この齢でね、普通に考えたら介護施設の世話になる。もう二度と現役で食べることしようなんて意欲どころか、オムツをあてがい、車椅子かも知れないもの。姪子さんのお陰だねぇ。頭が下がる本当に」

「わしもそう思う。伯明さんも今朝来てね、リハビリとマッサージをして、ただっていうのよ。無理やりにポケットに突っ込んだ。顔を見に来るついで。でも､見た瞬間に悪い所を看ているのにね」

「二人の先生、この字を見たことある」

「ある、ある。おばあさんの人徳だね。すごいねって」

「もう直に本ができる。あれを読む前にあの世に逝かれたら、今まで毅然と生きた人に鍛えられた証人は一人もいなくなってしまうに。バーバが厳しかったわけではないけども、毅然さが残っているもので、どんなことでも堪えて今があるじゃ、んね」

「本当に、こんな貧乏を味わったことないほどで、がむしゃらに働いて今が一番幸せかも」

「その苦労が報われて、【命に過ぎたる宝なし】【人に支えられて今日がある】の額を届けたのではないの」

「そうかもね」

「何で届けたかなんて忘れるほど年数が経っている。それを大切に持っていて、身の肥しにしたからすごい。同郷の誼だよ」

「そうかも」

　おばあさんの父親はお茶の実をくんま（熊の遠州弁）から三方原まで運ぶ運送屋昔の馬力引きで生計を立て、家では馬子宿（昔は塩の道）をしていた。

「三方原はこれから発展する。それだで（だから遠州弁）行け」

おばあさんの嫁いだころは、戦争に取られて、言ったら悪いけどまともな人はほとんどいなかったらしい。

男の人を見て決めたわけでもなく、探している。

だけで、娘を嫁がせた。

嫁いでみて（酷い。畳など無く藁むしろ、布団が無いなんて）持って来た綿入れ袢纏（どてら、今の時代は丹前）を巻いて寝るのがやっとだったらしい。

あまりのひどさに家に戻れば、家の中どころか敷居もまたがしてくれず、くんま（熊の遠州弁）の辺りからバスで鹿島まで来た。

西鹿島から三方原まで歩く道のりは、日暮れになり嫁ぎ先にも戻れないので半田の坂をやっとの思いで登りきると集会所の小屋がある。

その中を借りて夜の寒さを凌いだ。何度も戻ったけど一度として家の中にも敷居またげず、その度に、野宿に近いような惨めな思いをしたようだ。

その話を聴いた私は
「ここの人たちは、おばあさんが出て行っても心配はしてくれなかったの」

「そんな気持ちがあるようなら、こんな貧乏足らしい生活はしていなかったと思うよ。」

「ふうーん」

「きょう食べる米もない暮らしに、前に売りに出ている畑を買ってお米を作るからお金を欲しい。その当時のお金で二百円を頂いて、足らず枚は農協で借りて、やっと何とか食べるだけの生活になった。小姑の子供も預かり、両方のお乳がいつも塞がっていた。寝る間もないほど、昼間は糸の（へ通し）とやらを毎日こなした。神経の使い過ぎで髪の毛は全部抜けてしまい、子供を連れて歩いていると、お孫さんかねには、本当に泣けたやぁ。まだ、三十にもなっていないのに、栄養失調と気苦労で」

そんな昔の話を聴いていたら、室生《むろう》犀星《さいせい》の抒情小曲集が私の中を何度も過っていた。

ふるさとは遠くにありて　思ふもの
そして　悲しくうたうもの
よしや
うらぶれて　異土の乞食かたるとなるとても
帰るところあるまじや
ひとり都の　ゆふぐれに
ふるさとおもひ　涙ぐむ

そのこころもて
遠き　みやこにかへらばや
遠き　みやこにかへらばや

【抒情小曲集】「小景異情　（その二）」

同郷の誼と言え、隣村と言ってもおばあさんの実家と私の実家では昔では世間が狭く行き来などほとんどなかったと言える。

それに全くの親子の気がする。

このご時世では自粛ムード。過疎化に七十以上のお歳を召した人ばかりの処に行けば「墓参りに来た」

多分喜んで迎える人もいないと思う。

『来ては困る』かも。

今はここで、この人と語り合う幸せ。

そして、私も幸せよ。そこまでの苦労はなかった。

でも、その時の苦労があったから、今此処に二人は昔話を笑って聞く、話す相手になったとも言える。

【命に過ぎたる宝なし】【人に支えられて今日がある】なんだなぁと思った。

ピーコの祈り

五月の連休が明け、可燃ゴミが小屋から膨れ上がって戸が開けにくくなっていた。『小屋も大きくしないと限界』

ビニール袋が金網に引っ掛かって穴でも開いたものなら泣き叫ぶ。

人から見たら散らばるゴミに片付ける人がいなければ、いつまでもふわふわ舞い散り見苦しい場所に一転する。

可燃ゴミは拾ってくれる人を待ちわびているだろうなぁとゴミの気持ちになってしまう人も珍しい。

（清掃作業の皆様もご苦労様ですね。ご時世柄ただでさえ多いのにご苦労様ですね。ありがとうね）

玄関に入ると

「俺はなぁ練習場に行ってくる」

「マスクを忘れないでね。人の側に寄らない」

「おお、分かっている」

「私は暇だから、ここにある本を読んでもいい。あった、ピーコの祈りだって」

「ほおー、俺の本じゃあないなぁ。女房か娘が読んだ本だ」

「読ませてもらうね」

「好きなようにしろ」


【ピーコの祈り　著者　濵井千恵・文　久米　めぐ・絵】

最初の目次は飛ばして本題に目を通そうとしたら【ゴミ】の字が私の目に飛び込んできた。

（なんだこりゃぁ、さっきの可燃ゴミが私の前にちらついた。自粛ムードで膨らんだ自分の胴回りを反省しつつ、脂肪の付いた胃袋みたいに膨らんで金網が妙に焼き付いてしまった）


さて本題、ピーコさんは年の暮れに団地のゴミ集積場所一本の電柱の処に山ほどのゴミの上に段ボール箱に詰められて捨てられていた。

散歩をしていたダックスフンドのジーナさんに見つけてもらい飼い主の母さんのところに、あと数秒遅れていたらゴミ収集車に閉じ込められて命を落としたかも。

助けて貰って

【命の尊さ　人も動物も同じ尊い命】

【命を戴いたことは幸せになる権利を与えられているのだ】

と、ジーナおばさんに教わった。

「自然に歳をとって死ぬことは恐ろしくない。だから、助けられたその命を愉しんで、周りの人にもこの喜びを分け与えようね」

と、犬としてのみだしなみお行儀や、留守番、お散歩のマナーなどをダックスフンドのジーナさんから学んだ。

ピーコさんはお母さんのもとで、母親のような温かな胸元に、どこに行くにも連れて行ってもらった。

信号待ちをしていると保健所の方から犬の切なそうな鳴き声を聞いた。

「ねぇ、助けてくれ、死にたくない。ここから出してって言っているよ」

「あそこはね、飼い主がいらなくなった犬や猫を殺すところなの」

お母さんはうつむいたまま、今にも泣き出しそうな顔をしていた。

ピーコはそのときのお母さんの顔を心に焼き付けて、

【こんな思いを絶対にさせない】

を心に焼き付けた。

ある日ジーナさんが暮らしているお母さんの両親から危篤の電話が入り、急いで見舞いに行くと

「私はもう十八年も生きた。人間で言えば九十歳くらいだろうよ。もう私の役目もそろそろ終わりだね。ピーちゃん、私の大切な、大切な人のこと頼んだよ。今から私は死んでここから消えてしまうけど、私の魂がピーちゃんの中で生きていくからね。私の分までお母さんを頼んだよ」

「ジーナおばさん死なないで？　魂って何？　死んだらなくなるって言ったのに、どうして魂だけ残るの？」

「ピーちゃんにもきっとわかる日が来る。誰かのために生きている喜びをすれば、魂は輝くのよ。ピーちゃんはお母さんの喜びの種になるのだよ」

その翌日の日の朝にジーナおばさんは、

「ウォーン、さようなら？」

まるで、眠るように、静かに息を引き取った。

それからお母さんは捨て犬を何匹も拾って大きくし、私ピーコはジーナおばさんに教わった犬の身だしなみお行儀や、留守番、お散歩のマナーなどをどの子犬にも、教わった通りに身に着け

させた。

その子犬はお母さんの知り合いなどに貰われていった。

お母さんは一匹や二匹でなく、たくさんの捨て犬を、私が来た時と同じようにやさしく温かく迎えて、ピーコは妹や弟と夢のような生活を送っていた。

ある日のことお母さんはピーコのお腹にしこりがあることを見つけた。

病院に行くと「乳がん」と診断された。

ピーコは十六歳。人間で言うと八十歳くらい。もう若くなく
「残念ですが、手術をしても助かる見込みはありません」

獣医さんに告げられた。

お母さんは胸を引き裂かれるほど悲しみ（ピーちゃん、死なないで）

どれほど叫んだことやら。

そして、祈りの日々が始まった。

でも、日ごとにピーコは弱りだした。

ある日、（もう、死ぬかもしれない）なので、お母さんに
「もう一度海をみたい」

とおねだりをした。

梅雨だというのに、真っ青な青空に恵まれ、海もキラキラと輝いて、ひとりでゆっくりと波打ち際を歩いていた。

（あの海の向こうにある夕日が沈むところまで行けば、またお母さんと一緒に暮らせる……。もう二度とここに来ることはできない……。お母さん、ピーコは苦しくなんかない。怖くなんかない。だから、悲しまないで）

ピーコは打ち寄せる波の中で、お母さんの悲しみを楽にしてあげたいと、そればかりを考えていた。

すると、お母さんが

「ピーちゃん」

振り返るとお母さんのカメラがこっちに向いていた。

私ピーコはとびっきりの笑顔をお母さんに

「お母さん、私を拾ってくれてありがとう」

涙をこらえて心の中でつぶやいた。【ピーコの祈り　濵井千恵著者抜粋】

その飛び切りの笑顔が表紙になった素晴らしい本。

可愛い仕草のピーコ。

最後の裏側には「私の本を読んでくれてありがとう」
と言っているように、輝いた笑顔が何ともいえないほど心に染みわたった。

この地球上に人も動物だって、この時代に許された命には必ず魂がある。

ピーコさんはこの世を全うしたので、魂になって身軽になり自分の行きたいところ、お母さんの側、あの悲しそうな切ない鳴き声の保健所などを見て回った。

この本は二〇〇〇年に発売日の本だった。

ピーコさんは身軽になった体をフルに利用して、お母さんのお手伝い、【動物愛護保護協会】

などに貢献したのではないのかなぁと私岩田乃子は思った。

(人の本を勝手に載せることは絶対にいけないこと)

でも、あえて言いたい。

こんなにまでして犬や猫のことを親身に考えてくれる人がいたから、私たちのもとに【黒猫ラブ】がいる。

家に迷って入ってきた野良猫を去勢して長い間飼っていた。

畑にいる野良猫も、ある日突然にいなくなり、家の猫も苦しそうに吐きそうだったので外に出してあげると、松の木の下で安らかに横たわっていた。

それからは根野菜のさつま芋などは野ネズミの食い放題だった。

一匹も来なくなってしまった野良を捕まえる方法さえなくなった。

思い余って譲渡会に行こうとした。

でも、規定があり七十歳以上は保証人が必要だった。

息子が保証人になり、やっと手に入った愛猫は【ラブ】。

ラブはこの老夫婦をどれほどの癒しという幸せを無限に与えていることか計り知れない。

私が変わり出したのはラブが家に来てからなので、（運命の猫は存在する）かもと。その最後のしめにこんな言葉を投げかけている。

【「運命の人」は存在する】植西聰著者が二〇〇〇年に発売されている。

あなたは、なぜ自分がこの世に生を受けたかを考えたことがありますか？

「運命の人と出会い、自分自身の使命を実現させること」

「人間は神様からその人ならではの使命、つまりなすべきことを与えられている。その使命に気づき、遂行するためには、運命の人と出会い、互いに刺激を受け、人格を高め合い、成長していくことが必要になってくる。ゆえに自分のこの世での役割を果たすためには、運命の人と出会わなくてはならない」

もしあなたが、人生の上で最高のパートナーとなる運命の人に出会いたいと思うなら、自分自身の精神レベルを向上させなければなりません。

なぜなら、運命の人との結びつきは精神レベルの低い人同士ではありえないからです。

お互いに高いレベルの波長を出している同士が結びつくのです。

そのためにも自分自身を見つめ直すことが必要です。

何事もとらわれず純粋な気持ちになって下さい。

そのうえで、精神レベルを向上させるよう「積極心」「楽天心」「愛他心」を養ってください。

この三つを確実に自分のものにしていけば、あなたの目の前に、ある日突然、運命の人が現れてくれるでしょう。


【「運命の人」は存在する　おわりに】植西聰著者の所々を抜粋

この頃コロナウイルスの自粛生活で本を片付けていた。

(自身のためになる本)

と思って、二十年も本棚に収まっていた。

【「運命の人」は存在する】と【ピーコの祈り】はどこかでつながっているような気がしたので、ここに載せたくなった。

改めて読ませて頂いたけど、

なるほど、向上心は年齢には関係ない。今からでも遅くない。

【鑿と鉋】で憤怒の精神を保ち、躓きそうになれば【野生の虎に乗れ】をつぶやき【実るほど頭が下がる稲穂かな】の諺のような人生を送りたい。

その道すがら、必ず運命の人に巡り合えると私は信じている。

五月の満月

宵闇の満月にお月様に手を合わせた。いつもそうだけど電柱の碍子とトランスの処に出るので今一惜しいなぁという気持ちがどこかに残って申しわけない気持ちが走った。
夜中になり、もう一度眺めたくなり猫がついて来ないように筋交い棒をして一枚羽織って外に出た。

曇り空に何も見えない空を仰ぎ
ただひたすらに手を合わす
「一目見たいの。お月様」
只々　祈るのみ、灰色の雲に哀願する
「お願い、少しだけ譲ってあげて」
「ううん、どうしようかな」

お月様は白い雲と灰色の雲に月の焔を投げかけた
ひかり射す空に、見えない月をあおぎ

「譲り合う精神をありがとうね」

灰色の雲と白い雲も瞬く間に後退り
世界地図のような模様に変身した

スカイブルーの空は海に
まん丸になった空に
ぽっかりと満月の月読みの尊様

すると
雲の合いさからスカイブルーの空が
ふわふわの雲の船になり　龍の形に変身した
くねくねと四方に分かれ

舞い跳ね回るように
まるで
月読みの尊様を讃えているように

感謝の気持ちで手を合わせれば
照れたのか雲の中にお隠れ申した。

一面に覆われた龍にも見えるスカイブルー
見惚れてお祈りすれば
雲の切れ間にお月様
白いベールを身にまとい
毅然と輝く月読みの尊様
うっとりと見とれてしまう

金色に輝く月に覆われた
真っ白なベールのお姿で

「幸せよ」
と微笑みを浮かべた焔に
「ありがとう」
と微笑みを返すと
光線が顔一面に広がった

二〇二〇年五月七日の真夜中に見たお月様の様子を書き留めておく。
曇っていて何も見えないお月様にお祈りした。
すると、私の顔一面の光線を有難く頂いた。
忘れないためにここに書き残しておく。

ウドのお土産

チャイムが鳴ったので外に出ると、可愛い女の子が立っていた。

『隣のお子さん、待てよ、もう少し大きい』

「ごめんよ、どこの子供だったっけ」

「あのね、山口です。お母さんのお使いです」

「ああー、ごめんね。直ぐに大きくなるもので、見間違えてしまうね」

行儀よく
「そんなことありません。おほめ戴き有難うございます。このお土産を届けに来ました。お母さんの手紙が付いていますので、宜しくお願いします」

「ありがとう、お母さんに宜しく伝えてね」

『せっかく来てくれたのにお土産がない。まてよ、さっき歯医者さんのお子さんにサクランボ届けたけど、もしかしたら一口くらい残っているかも知れない』

「あのね、今年はサクランボの成りが悪くてね、それでも一口くらいならあるかもしれないから畑に行ってみる」

「はい、見たいです。見させてください」

脚立を抱え、女の子に入れ物を持たせた。

もう終わりだと諦めていたけど、三十粒くらいはあった。

「こればかしでごめんね」

「ご時世柄サクランボが頂けるだけでもありがたいです」

って。さすが躾がよろしくて頭が下がった。


サンタさんから頂いた自転車に乗ろうと、ヘルメットを着用している様子を見ていると、十一月一日に戴いたトナカイさんの絵が無性に私の心に浮かんだ。

『まだ、この子に上げたいのだけど何かな』

に滑った言葉は
「ねえ、甘夏食べる」

「はい、酸いものは好きです」

「それとね、あなたの分しかないけど、おばさんたちが食べている落花生入りご飯をおむすびにするから食べる」

「はい、おばさんの作ったものは好きだから幸せです」

自転車の籠に甘夏、スカーフ、おにぎりとサクランボを入れて、サンタさんの贈り物の自転車はスイスイうれしそうに見えなくなった。

力強い達筆の字で
乃子さんへの横には本当の娘みたいに
「会いたいわ、本当よ」

の甘えん坊の娘の絵が描かれていた。

昨晩、富山から羽鳥さんが帰ってきました。

乃子さんに「ウド」を家の裏山から採ってきたようです。

車の中で少し萎れてしまったようですが、葉は天ぷらがとてもおいしいようです。仕事で届けに行けずごめんなさい。　山口
紙の端っこまで使い、山口さんの似顔絵のスマイル、チョウチョに似たハートマークまで。ありがとうね。

私の心は温かくなり幸せ色ですよ。

次の日の夕食に葉は茹でて胡麻和え、(天ぷらは美味しいけど、コロナ太りでこれ以上の油は摂り過ぎ) 茎は茹でて酢味噌和えにした。

『それにしても多い』にスマホを手に
「山口さんありがとうね。あんなにたくさんのウドを料理して欲しかったのかなぁと思って」

「家の分もちゃんとあるから大丈夫」

「食べ押せないに、胡麻和えにしたのね。以外と乙な味。酢味噌和えも、食べ押せない」

「家はまだ手づけず。食べたいなぁ、持ちに行っていい」

「来てくれればありがたい」

「支度しておく」

多いと言うけど五人家族では、口が喧嘩をするほどの微々たるもの。

一人の子供の落花生入りご飯を渡した昨日を思い出した。

上の子供たちも食べたいだろうなぁに、勝手にラップをしてその上に落花生入りご飯をのせている私って何者だろうって思ってしまった。

勝手に身体が動いているから仕様がない。

きっと、あの子たちの本当の心がおねだりしているのかもしれないと思った。

白魚の手

お昼前になったので居間に顔を出した。

教育テレビで将棋をしていた。

真剣に見ているから返事もしないほどだった。

女流棋士の戦いで、若いのに黒のスーツで暗い雰囲気に
「女流棋士はいつもこんな黒ばかり着て出てくるの」

「こんな時こそ明るい色の洋服にすればいいのに」

棋士のことは何も知らないからごめんなさい。

「あのさぁ洋服を見ないで手だけ眺めていたらいいよねぇ」

「皆、今度は何処へ何を指すか、そこだけ注目する」

「どこに指そうが勝手だけど、あの白魚の手が欲しい。二十歳くらいの若い手になりたいね」

すると、私の話なんか聴いていていないと思ったのに
〝盤上に白魚の手が舞い踊る〟

タカさん作

「それって誰の俳句」

「真剣に見ているのに、お前の声が飛び込んで来て俺が作った」

「私は白魚の手って題のエッセイを考えていたのよ」

それから二人は白魚の手談議が始まる。

私の手が二十歳の手になるように、手を摩っていれば、

「もう歳、齢。無理なことだ」

「わかっているけど、あと五年若ければ」

「闘えるよ」

「それはそうだけど、きれいな白魚の手」

「手と頭が商売だ」

「二十歳の若さなら誰だって、白魚の手」

「それでも、ゴルフしている若いプロの手もあんな白魚の手をしているかなぁ」

「誰だって、若い時はきれいな手だと思うけど」

「そう思って、手までは見なかったが、早く自粛生活が終わって、女子ゴルフを観たいなぁ」

「本当に、ねぇ」

雨日和に退屈し、取り留めのない話に時間を費やしているのは、家ばかりではないかも知れない。

靴底

ローソンに自動車税を納めに行った帰り道の信号待ちに中学生の男子生徒が二人いた。

少し離れて青信号になるのを待っていた。

すると、真っ白な卸たての運動靴が目に飛び込んだ。

（初めて学校に行って来たのかなぁ）

信号が青に変わり、私の目は運動靴に釘付けになった。

前を歩く二人の生徒の足元ばかり見ていると、

（さすが、歩き方がよろしい）

つま先を蹴って歩いているので足裏がきれいに見えた。

灰色に少しばかりの焦げ目がつき、それがまた新鮮で（舗装した歩道を歩いている証拠）私の心を揺さぶった。

その光景がいつまでも残ってしまいこんな詩になった。

〝真っ白な運動靴の足裏が　通学歩行わずかに焼けて〟

靴底

〝語り合う友との会話前方に　寄らず平行列車のごとき〟

〝並ぶ背にリックが踊る　うれしいな　とき放されたコロナ対策〟

猫の首輪

猫の自粛もそろそろ終わりにしてもいいかなぁと朝目覚めと共に思っていた。

そんな気持ちが通じているのか出してほしいと鳴かない猫の勘の鋭さにはたまげてしまう。

新聞を取りに玄関を開けると同時に外に飛び出すラブの姿を見送った。

朝ご飯を済ましても帰ってこないラブに主人はしびれを切らした。

「やぁ、ラブが帰ってこないじゃ、んか」

「家の周りにいる。さっき、ゴミを置きに行く時にはついて来た」

「よっぽどうれしいのかなぁ。十日のようは家ばっかりで、羽根が伸ばせるなぁ」

うちの人も猫の顔を見ないと一日が始まらないと察知した。

私はモンプチを三袋くらい持って、手の中で「ジャリ、ジャリ、ゴソゴソ」と手を動かして立っていた。

すると、知らぬ間に側に寄ってきた猫を捕まえて家の中に入れた。

見ると首輪がなくなっていた。

返事など返って来ないと判っていても聞くのが人情ともいえる。

「ねえ、ラブ、ラブちゃん。何処へ首輪を置いて来たの。どこの木の下を潜って首輪を外したか教えて」

砂だらけにした身体を除菌クリーンでやさしく拭いている。

拭かれるのをあまり好きでないので

「それをするより毛並みを揃えてよ」

と言っているようにも見えた。

「首輪が無いと可愛くないね」

「……」

「作ってあげるね。赤いハンカチの残りがあるから」

「……」

裁縫箱から木綿のハンカチーフを出して、針に赤い糸を通すと横に来て終わるまでお座りをして待っている姿が可愛らしい。

これは小さい頃アクリルボールを作っているときの仕草と何も変わっていない。出来てしまうまでお行儀よく三つ指を突いて待っている。

時々首を傾げて

「まだなの」

と覗く仕草も愛くるしい。その度に
「もう少し。片方だけステッチしたら、見苦しいから両サイドにステッチを入れて平ゴムを通す。もうちょっとよ」

「待ち遠しい」

「もうちょっと。粗相な作り方ばかりだからちゃんと最後の処も解れないような二十縫い」

「母さん、もうちょっと器用な人に生まれたら良かったね」

「あの仲良しの二人にはとうてい無理なこと。でも、アイデアは抜群にいい」

「どこが」

「今度の鈴は凄く工夫してあるの」

「どんな風に」

「裁縫箱に百円ショップで買った小さな鈴がいっぱいあるから此処につけてあげる」

「ありがとう」

赤はラブが黒い猫だから一際目立つ色。紫色は万仏武尊。ピンクはあたたかな心の持ち主で、その心を誰にも与えることが出来る博愛精神。黄金色は生涯潤うように救富の金槌。銀色は空に輝く星座とみずかめ座。緑色は縁をとりもつ龍神様たち。

「もう一つあったら七色の虹なのに。ないの」

「六色しか無いわ。あと一つはラブの輝いたいのち、魂だよ。ラブが家に来てお母さんがエッセイを書きたくなったじゃ、んね。ラブの魂の中にはきっと奇跡を呼ぶすごいものがある。だから、お母さんもこの齢になって、もうひと踏ん張りって、何事にも耐える勇気もあなたから貰った。そのご褒美がこの首輪」

首輪が待ち遠しかったので、顔を私の方に摺り寄せてきた。

「ねえ、これから自粛も終わって、輝かしい未来が待っている。開き直るの。本当に必要なものを見つける旅に。本当の大事な宝物を見つける旅に」

「わたしもね、この鈴をつけて外に出て探してみる。何が必要で何が宝物か観察してみる」

うれしそうに家の中を歩く度に毛埃が舞う。

何度も掃除をしても、窓を開けたところから風の抜ける道に喜んで舞いまわる。

それでも母さんは動く仕事があって有難いと喜んでいる年寄りも珍しい。

今は何をしているかと思うら。

お母さんのデスクチェアーを陣取ってしまった。

（よっぽど、此処が好きとみえるわ）

仕方なしにお父さんのデスクチェアーに座ってパソコンを打っている。

お母さんの側が好きでいつでも側に張り付いている。
それにね、わたしのこといっぱい、いっぱい入ったエッセイだからね。
わたしはこれでも監督だよ。偉いのだよ。監督だもの、ね。

私の好きな鮭

私の幼い頃は秋になると行商の人がサンマを売りに来て食べる。

魚嫌いは、その魚臭さが鼻につき、喉にも入らぬほど箸も持てないほど魚嫌いであった。

娘時代も続いた。

寮生活の食事は田舎の粗末な食事を通り越し、毎日白いご飯にご馳走が並ぶ。

でも、魚を受け付けない私に、寮のおばさんは魚の日は二つの目玉焼きを私用に作ってあった。

それを見た人が食べようとすると
「ダメ、ダメ。それは魚が喉にも通らない人の大事なおかず。だめだからね」

「おらだって、食べたいのに」

「僕は魚が食べられる、その魚が喉を通らないほどの人もいる」

「気が知れない人だ」

男子も女子も寮があって、和気あいあいとした寮生活を送った青春時代。

今は半世紀を過ぎてしまった。

大型ファミリーの営業所の思い出が走馬灯ように私の中を過った。

五十年過ぎた今、私はお陰様でよく魚を食べている。

これは、長男を身ごもった時点から、無性に魚が食べたい衝動に駆られた。

そのおかげで骨格のしっかりとした健康な子供に恵まれている。

食べる物に不自由しない家に嫁いで有難かったと今でも感謝している。

なのに、何の因果か離婚した。


それでも不幸と思わないほど幸せな毎日を送っている。

何も不自由をしていないのに、それでも我が進む道が他にもあるのではと。

心のどこかで叫んでいる自分がいる。

【「人間は神様からその人ならではの使命、つまりなすべきことを与えられている。その使命に気づき、遂行するためには、運命の人と出会い、互いに刺激を受け、人格を高め合い、成長していくことが必要になってくる。ゆえに自分のこの世での役割を果たすためには、運命の人と出会わなくてはならない」植西聰著者抜粋】

（これは私のわがまま、いや、本当の自分自身の決心の旅）ではないかと。

悟りを開いて半年になろうとしている。

今年に入り見切りも必要かなと察知して、フラダンス、三方原バーバラの演芸部、用事ができてなかなか行けない公民館活動などをお断りした。

すると、コロナウイルスで活動が自粛になり、中断になって現在に至った。

誰にも会えないと思いきや、繋がるものは絆として、親友として残る有難さに感謝する。

友達なんていっぱいいる。

確かに多勢の友があちこちにいる。

では、本当の友達【心友（しんゆう）】自分自身【身友（しんゆう）】はいるか。

自分自身に問いかければ、必ずお互いに共鳴しあい、共に学ぼうとする人は必ず与えられていると私は思う。

そして、いつかは別れなければならない時もやって来る。

生涯の友であれば、どこにいても心が繋がっている。

寂しいことも悲しいこともなく、この世で会えた喜びに感謝がこみ上げてくる。

魂の繋がりとも言えるかも。

そんな【心友】【身友】を四人持っている。仕事仲間だった頃の佃さん。

叔母で姉妹みたいな豊明の叔母である。ここに引っ越して来て直ぐにゴルフ仲間の主人が引き合わせてくれた久江さん。

その友達の三枝さんが生涯の友達ではないかと思う。

四人の共通点は、私を素直に受け入れ、持ち前の感性をすべて投げ出し私に与えてくれるところ。

なかなかいないよ、そういう人。でも、全てを私に放り出す寛大さが好きだ。


その二人に私の口は滑ってしまった。

【人生七十二歳の開き直り】の本が届いたので届けた。

はっきりと言った。

「あのさぁ、気を使わすと悪いじゃゃ、んね。本代も頂く。いいかね」

「いいよぅ。その方が助かる」

「私はね、この前の鮭を貰ってしまったから、本当はそれでお相子にしようと思った」

「何を言っているの。あれは捨てようと思った物」

「私はね、三枝さんの鮭と久江さんの鮭をつがいにして、空間に飾れたらなぁってね。今の家は自由にならないし、必ずその空間があるような家に住みたいと思っている。三枝さんさぁ、あの鮭私にくれると思う」

「くれるに決まっているじゃ、ん」

「うふ、ふふふ。今から寄っていく。ありがとうね」

「こっちこそ」


三枝さんの家に着いた。チャイムを鳴らすと直にドアが開く。

「こんなじきに。それではドアを開けて置こうよ」

「中に入って」

「そうね、そうだった」

「本ができたので届けに来た」

「お金は」

「いい、いい。その代わりと言っては何だけど欲しいものがある」

「なによ」

「あのね、あの鮭が欲しいの。久江さんの鮭とつがいにして飾りたいと思っているから。今の家は飾るとこもないけど、自由も無いし、今度は必ず必要な家に住むと思うの。二人を忘れないように大切に持っているから、私はどうしてもあの鮭が欲しい」

「二階にあるからあげるわよぅ。ちょっと待っていて」

「ありがとう、はっきりと欲しいっていえて良かった」

「こんなもので良かったらどうぞ。これはもう十年くらいは経つに。パッチワークを始めたばかりの頃のものだから」

「うれしい、大事に大切な宝物にする」

「これはこれ。本代は持って行ってね」

「気を使わせると悪いから貰っていくね。ありがとうね。そろそろ売れてくれるような気がしてきた」

「大丈夫、まだ書く力が漲っているから。月まで三キロって読んだ」

「うん、天竜区に住んでいたので興味が湧いたよ」

「こんな時こそ本を読んで過ごす時間があって、考えようによっては幸せな時間ともいえる」

「私は閃くから有難いに」

「良かったね、自分の好きなことが続けられて」

「自分が納得した道だから、後には引きさがらない。ずぅーと友達だから。この鮭はその証にしようときめているの」

「ありがとう」

「こっちこそ」

魚の嫌いな幼子が魚のパッチワークに釣られた。

何でもいいの。鮭の帰って来る秋田県村上の軒に吊るした鮭の風情が恋しいだけのこと。

あの鮭を食べて元気に暮らしているお歳を召した人たちみたいな人生を必ずしたいと目標を持っている。


その原動力がこの【開き直り】のエッセイだと信じている。

そのお隣にはそっと見守っている愛しい人がいる。

私の目標は百歳まで共に現役でマメに暮らす。

そのためのメダルとも言える。


今朝箪笥の中にしまってある鮭を風通しの良い布地から出してみた。

なるほど、これはまさしくつがいだわ。

久江さんの鮭は綿の入れ方が少なく大きく見えた。

三枝さんの鮭はお腹にたっぷりと綿が入り産卵に秋田県の村上に戻ってくる鮭そのものだと思った。

ここに誓う、必ずや開き直りの人生を百歳まで続ける。

月読みの尊様に約束する。

【鑿と鉋】で憤怒の精神を保ち、躓きそうになれば【野生の虎に乗れ】をつぶやく。
自身の魂を磨く旅とは【地球上の星】である。
人生を全うするための諺【実るほど頭が下がる稲穂かな】を実行する。
すると、あの世には褒章が待っているのではないかと私は思った。

人生とは長い旅、開き直りは性根が座る。
そして扉が開く。
【開け護摩】護摩をお寺で炊くわけではない。
だけど、視界なんて何も見えないのが瞬く間に霧は晴れる。
途端に明るい日差しに変化する心の扉。

心の扉を少しずつ自分の歩調に合わせて。
慣れてきたら、何事も開き直りの精神でね。
心が軽くなり、笑顔が戻って来る。
そうなってしまえばしめたもの。
【笑う門には福来る】の諺が待っている。

完

著者紹介

岩田　乃子（いわた　のこ）

1947年生まれ
静岡県在住
平成13年、県立浜名高校卒業
平成31年2月、『五十歳からの高校生活』を文芸社から出版
令和元年12月、『母の介護は老後の道しるべ』を
令和2年5月、『人生七十二歳の開き直り』を
青山ライフ出版から出版

人生七十三歳の開き直り
手洗いとうがいの実践

著　者　岩田 乃子
発行日　2020年11月12日
発行者　高橋 範夫
発行所　青山ライフ出版株式会社
〒108-0014
東京都港区芝5-13-11　第２二葉ビル 401
TEL：03-6683-8252
FAX：03-6683-8270
http://aoyamalife.co.jp　info@aoyamalife.co.jp

発売元　株式会社星雲社（共同出版社・流通責任出版社）
〒112-0005
東京都文京区水道1-3-30
TEL：03-3868-3275
FAX：03-3868-6588

ISBN978-4-434-28037-5